DU·HAST

ALEXIS SNOW

DU
HAST

ALEXIS SNOW

Bibliografische Information der Deutschen Nationalbibliothek:
Die Deutsche Nationalbibliothek verzeichnet diese Publikation in der
Deutschen Nationalbibliografie; detaillierte bibliografische Daten sind
im Internet über http://dnb.dnb.de abrufbar.

Lektorat: Melina Coniglio
Korrektorat: Petra Schäfer
Cover: Cover and Art – Dream Design
Bilder: shutterstock_223532953, shutterstock_246380818,
Bigstock_255461545

Herstellung und Verlag: BoD – Books on Demand, Norderstedt

ISBN: 978-3-7526-4676-4

Für meinen Opa

Weil du der Beste bist und ich immer auf dich zählen kann

PROLOG

Ghost

Lange hatte ich sie schon beobachtet. Diese blonde Ziege, die sich an meinen Mann herangemacht hatte. Er gehörte mir, und genau das würde ich ihr zeigen. Heute Abend würde sie ihr blaues Wunder erleben.

Ich saß in meinem Auto und behielt das Haus im Blick. Es war ein schönes Anwesen. Helle Steinmauern, dunkle Dachschindeln und ein gepflegter Garten. Dabei verdiente diese Schlampe all das nicht. Ihr Mann war stinkreich, und sie war nur seines Geldes wegen mit ihm verheiratet.

Sie liebte es, aber nicht ihn.

Weil ihr das nicht genügte, hatte sie sich an meinen Schatz herangemacht. Er gehörte mir, und dieses Miststück hatte ihn mir genommen.

Ich wollte ihn nur zurück und Rache für das, was sie angerichtet hatte.

Darum würde ich diesen armen, reichen Idioten von ihr erlösen. Ich half ihm. Sie würde ihn nicht weiter ausnutzen können. Ja, ich würde ihm die Möglichkeit geben, eine neue Frau zu finden, die ihn wirklich liebte. Doch eigentlich war dieser schnöselige Trottel mir egal. Er interessierte mich nicht.

Ich wartete, bis er endlich das Haus verließ, um mit seinen Kumpels etwas trinken zu gehen, so wie an jedem Sonntagabend. Als er aus der Tür trat, spürte ich sofort, wie ein Schauer aus Adrenalin durch meine Adern sauste und meinen Puls auf das Doppelte beschleunigte. Meine Vorfreude auf das, was gleich geschehen würde.

Als die Hexe an die Tür trat, ihn scheinheilig umarmte und dann zärtlich küsste, musste ich würgen. Wut mischte sich in mein Hochgefühl. Sie hatte mir meinen Schatz genommen. Das versetzte mir einen Stich. Unwillkürlich fauchte ich.

Sie strich sich langsam eine ihrer langen, blonden Strähnen hinters Ohr und sah ihn aus heuchlerischen Augen an. Ich krallte mich am Lenkrad fest, damit ich nicht jetzt schon ausstieg und sie direkt vor ihrem Versorger ermordete. Das würde nur das Ende meines Rachefeldzugs bedeuten, bevor er überhaupt angefangen hatte.

Noch einmal küssten sich der Mann und die Hexe, dann ging er endlich zum Auto, stieg ein und fuhr davon. Mit einem Mal musste ich grinsen. Ich hatte alles genau geplant, weil es perfekt werden sollte. Schon so lange lauerte ich dieser Frau auf, und heute würde es losgehen.

Heute würde es beginnen.

Ich ließ meinen Blick noch einmal über die Umgebung schweifen, sicherte mich ab, ehe ich ausstieg und zu meinem Kofferraum ging. Dort griff ich nach meiner Sporttasche, hievte sie hinaus und hängte sie mir über die Schulter. Ihr Gewicht wog schwer, doch es fühlte sich gut an. Gab mir den Mut, mich nicht zu verlieren.

Langsam ging ich zum Haus und zog die Gummihandschuhe aus dem Seitenfach meiner Tasche. Sorgfältig streifte ich sie über und betrachtete sie noch einen kurzen Moment, bevor ich mein Dietrich-Set ebenfalls herausholte. Die Haustür stellte wider Erwarten kein Hindernis dar. Ohne sich zu widersetzen, sprang sie auf. Ich unterdrückte ein hysterisches Kichern, dann trat ich ein. Das lief ja wie geschmiert.

Mit Vorsicht schlich ich weiter voran und hoffte, dass mein laut pochendes Herz mich nicht verriet. Keine Geräusche zu machen, war wichtig. Sonst würde ich mich verraten, und sie könnte die Polizei rufen. Dann hätte sich mein sorgfältiger Plan erledigt, und alles wäre umsonst gewesen.

Das durfte nicht geschehen!

Im Wohnzimmer brannte noch Licht. Als ich das Miststück auf dem Sofa sitzen sah, durchflutete mich nichts als purer, reiner Hass.

So war das nicht geplant gewesen.

Sie sollte eigentlich schon längst im Bett liegen. Innerlich fluchte ich und trat einen Schritt zurück, um zu überlegen, was ich tun sollte. Prompt stolperte ich gegen ein Regal. Es polterte, und eine kleine Porzellanfigur fiel heraus. Zum Glück blieb sie heil.

»Hallo? Ist da jemand?«, erklang die ängstliche Stimme der Hexe aus dem Wohnzimmer.

Ich erstarrte, und mein Herzschlag setzte für einige Sekunden aus. So hatte ich das alles nicht geplant. Ich zwang mich, tief durchzuatmen, und besann mich. Schnell hob ich die Figur auf, bevor ich zurück in den Flur lief, um mich nach einer Deckung umzusehen. Wo konnte ich mich verstecken? Oder musste ich mich ihr stellen? Nein, das wollte ich nicht, schließlich war alles bis ins kleinste Detail durchdacht. Außerdem konnte ich es mir schlichtweg nicht leisten, unvorsichtig zu werden.

Hastig ließ ich meinen Blick durch den Flur schweifen und entdeckte einen großen Schrank, in dem ich mich verkroch. Ich wagte es kaum, zu atmen, und verfluchte mich innerlich für dieses wenig einfallsreiche Versteck. Sie rief noch ein paar Mal, dann vernahm ich Schritte, die sich mir näherten. Kurz vor dem Schrank verstummten sie. Mein Puls raste, und ein Schauer, der sich anfühlte wie tausende kleine Nadelstiche, lief mir den Rücken hinunter. Ich betete, dass sie kehrtmachen und ins Bett gehen würde, damit ich mein Vorhaben endlich in die Tat umsetzen konnte.

»Ich muss mir das Geräusch wohl eingebildet haben«, murmelte sie und entfernte sich wieder.

Vor Erleichterung atmete ich auf, und ein Berg voller Steine fiel von mir ab.

Im ersten Moment wollte ich erleichtert mein Versteck verlassen, doch dann beschloss ich, in meinem Unterschlupf auszuharren, bis sie ins Bett ging. Das war definitiv der sicherste Weg.

Als der Fernseher endlich ausgeschaltet wurde und ich wenig später leise Schritte auf der Treppe vernahm, stahl sich ein Grinsen auf meine Lippen.

Vorfreude durchströmte mich, vermischte sich mit dem Adrenalin in meinen Venen zu einem berauschenden Cocktail. Endlich war es soweit.

Bald konnte es losgehen.

Etwa eine halbe Stunde später öffnete ich die Tür des Schrankes und trat heraus. Dann folgte ich ihr lautlos nach oben. Jeder Schritt war überlegt. Ich befürchtete, dass eine der alten Holzstufen unter meiner Last quietschen würde, doch ich hatte Glück.

Vor der Tür, die zum Schlafzimmer führte, blieb ich einen Moment stehen und lauschte ein letztes Mal, ob die Stille anhielt. Unter dem Türspalt brannte kein Licht mehr, also musste sie schlafen. Alles schien perfekt zu sein. Es war Zeit, loszulegen.

Durch das sanfte Mondlicht konnte ich erkennen, wie sie auf dem Bett lag. Sie schlief auf der Seite, ihr Gesicht mir zugewandt. Ihr Blick war so unschuldig, dass es mir fast leidtat, was ich ihr antun würde. Doch sie hatte es verdient. Sie hatte mir meinen Schatz genommen.

Ich beobachtete sie einen Moment, um zu verstehen, was er so an ihr geschätzt hatte. Was hatte sie, was ich nicht besaß? Sie war hübsch, das konnte ich nicht abstreiten. Strohblondes Haar, feine Gesichtszüge und ein gertenschlanker Körper. Aber all das würde ihr nicht helfen. Nein, sie würde für seine Untreue bezahlen. Immerhin hatte sie den Mann meiner Träume verführt.

Ich trat näher, als sie tief einatmete. Sie schmatzte mit den Lippen, dann drehte sie sich auf den Rücken. Sofort hielt ich inne, doch sie regte sich nicht noch einmal. Schlief seelenruhig und nichtsahnend weiter.

Sehr gut.

Ich stellte meine Tasche ab und holte das Messer daraus hervor. Mit einem Grinsen schob ich sie unters Bett und betrachtete voller Zufriedenheit die Klinge, die den Mondschein reflektierte. Aufregung jagte durch meine Venen. Ich nahm mir einen kurzen Augenblick, um mich zu sammeln und meine Nerven unter Kontrolle zu bringen.

Jetzt endlich war es soweit.

Ich würde alles bekommen, was ich wollte.

»Du hast … mir meinen Mann genommen. Dafür wirst du bezahlen!«, zischte ich.

In dem Moment öffnete sie die Lider und blickte mich orientierungslos an. Ich erstarrte. Das gab ihr genug Zeit, die Situation zu erfassen. Sie schrie auf, als sie mich erkannte, doch vor lauter Angst konnte sie sich nicht bewegen, war wie gefesselt.

Ich seufzte genervt und verdrehte die Augen. Sie wohnte in einem freistehenden Einfamilienhaus, sodass niemand sie hören würde.

Niemand würde ihr helfen.

Ein Lächeln umspielte meine Lippen, bevor ich das Messer über meinen Kopf hob und zustach.

Das Gefühl, wie die Klinge durch die Haut schnitt, ließ mich zufrieden aufseufzen. Allein das Geräusch, als sie durch das Fleisch drang, hallte wie Musik in meinen Ohren wider. Ich befand mich in einem von Rachelust getriebenen Sog, der mich dazu antrieb, das Messer herauszuziehen, nur um es erneut in ihren Körper zu stoßen. Als ich die Klinge ein zweites Mal herauszog, betrachtete ich für einige Sekunden das dunkel schimmernde Blut daran. Ein Anblick, der mir tiefe Zufriedenheit verschaffte.

Es fühlte sich so gut an.

Die lauten Schreie waren einem leisen Wimmern gewichen, und die trüben Augen der Hexe musterten mich fassungslos. Ich genoss es, sie leiden zu sehen. Wieder stach ich zu und verfiel endgültig diesem Hochgefühl, das meinen Verstand ausschaltete.

KAPITEL 1

Judith

Das laute Klingeln des Weckers riss mich aus dem Schlaf und katapultierte mich zurück in die unliebsame Wirklichkeit. Genervt drückte ich auf die Schlummer-Taste, bevor ich die Augen wieder schloss, um für einen weiteren Moment in meinem Traum verweilen zu können.

Glücklich seufzte ich, als sich Mats Arme sanft um mich legten und mich hielten. Sie gaben mir Sicherheit, Geborgenheit.

Und Kraft.

Hier wollte ich für immer sein. Ich sog seinen vertrauten Geruch ein. Lächelte bei dem Gedanken an ihn. Wie sehr ich Mat liebte – mit allen Ecken und Kanten. Für mich war er einfach perfekt.

Das wiederholte Läuten meines Weckers ließ meine Fantasie von ihm jedoch langsam verblassen. Erneut tastete ich nach meinem elektronischen Quälgeist, um ihn auszuschalten. Kurz hatte ich die Hoffnung, das Bild meines Mannes noch einen

Augenblick länger genießen zu dürfen. Doch die Realität hatte mich bereits eingeholt.

Unaufhaltsam.

Wie immer.

Erst als ich leise, trippelnde Schritte auf dem Parkett vernahm, öffnete ich die Augen und ließ die Erinnerung an meinen Mann endgültig los. Ich atmete tief durch, bevor ich nach dem Lichtschalter tastete und die kleine Lampe auf meinem Nachttisch einschaltete. Geblendet von der plötzlichen Helligkeit kniff ich meine Augen zusammen.

Im selben Moment wurde meine Schlafzimmertür langsam aufgeschoben, und meine kleine Tochter erschien im Türspalt. Langsam schlurfte sie mit ihrem Lieblingsstofftier – einer kleinen, grauen Ente – im Schlepptau auf mein Bett zu.

Dieser Anblick zauberte ein Lächeln auf meine Lippen, und ich vergaß meinen Schmerz. Als ich den vom Schlaf verwuschelten Lockenkopf von Sophie sah, die mich mit ihren großen, grünen Augen ansah, schaffte ich es, meine Traurigkeit in den Hintergrund zu drängen.

Sie trug ein bodenlanges, weißes Nachthemd, auf dem Agnes, ihre Lieblingsfigur aus dem Film *Ich – einfach unverbesserlich,* zu sehen war, die mit einem riesigen Einhorn kuschelte. Ich verstand nicht, warum sie sich gerade dieses Kleidungsstück ausgesucht hatte, aber ich konnte ihr keinen Wunsch abschlagen. Nicht seit …

»Mami?«, fragte sie mit ihrer hohen Stimme.

»Was ist los, Liebling?« Ich setzte mich auf und streckte die Hand nach meiner Tochter aus.

»Du verlässt mich nicht auch?«

Voller Verwunderung blickte ich Sophie an, zog sie zu mir aufs Bett und schloss sie fest in meine Arme.

»Ich würde dich niemals verlassen. Du bist doch alles, was ich noch habe«, flüsterte ich ihr zu und drückte einen sanften Kuss auf ihren Scheitel.

Sophies kleine Arme schlossen sich um mich, und sie legte ihren Kopf an meine Brust. Ich wusste, dass ihr der Verlust ihres Vaters zusetzte, doch ich verstand nicht, warum sie mit einem Mal auf die Idee kam, dass ich sie ebenfalls verlassen könnte. Das würde nie passieren. Sie war doch das Einzige, das mich überhaupt am Leben hielt und nach vorn schauen ließ.

Sanft löste ich mich von meiner Tochter. Ich musste stark bleiben und durfte mich nicht in meiner Trauer verlieren. Sophie brauchte jemanden an ihrer Seite, der sie unterstützte. Sie musste weiterleben, erwachsen werden und sich eine Zukunft aufbauen. Dazu brauchte sie mich. Trauern konnte ich immer noch, wenn sie schlief.

»Liebling, wir müssen uns jetzt fertig machen, okay? Du musst in die Schule.«

Noch einmal betrachteten mich die großen Augen meiner Tochter, bevor sie nickte und aufstand. Sie griff nach meiner Hand, und gemeinsam betraten wir kurz darauf das Badezimmer.

Als wir es verließen, trug ich Sophie über der Schulter. Ihr lautes Glucksen begleitete uns über den Flur und bis in ihr Zimmer. Auf ihrem Bett setzte ich sie ab, bevor ich zu ihrem Kleiderschrank ging und ihr ein einfaches, blaues Kleid entgegenhielt. Sie nickte, während sie mir ihre kleinen Hände entgegenstreckte.

»Okay, dann zieh dich mal an, kleiner Frechdachs. Ich werde mich auch schnell fertigmachen, bevor wir uns um das Frühstück kümmern«, sagte ich betont fröhlich, bevor ich sie allein in ihrem Reich zurückließ.

In meinem Zimmer angekommen, lehnte ich mich einen kurzen Augenblick an die Tür und atmete tief durch. Ich musste Mat endlich loslassen, nur konnte ich das irgendwie nicht. Ein Teil von mir wollte es auch nicht. Neben Sophie war er alles gewesen, was mir jemals etwas bedeutet hatte.

Noch immer konnte und wollte ich nicht begreifen, dass er nie wieder zurückkehren würde.

»Warum hast du uns allein gelassen, Mat?«, hauchte ich verzweifelt. Tränen sammelten sich in meinen Augenwinkeln, doch ich unterdrückte sie, indem ich tief Luft holte und mich aufrichtete.

Sophie brauchte mich.

Ich ging zu meinem Kleiderschrank, zog eine einfache, graue Jeans und ein schlichtes, schwarzes Shirt an. Zeit zu trauern blieb mir nicht, ich musste Frühstück machen.

Als ich mir wieder sicher war, meiner Rolle der starken Mutter gewachsen zu sein, verließ ich mein Schlafzimmer und ging nach unten in die Küche. Dort griff ich nach dem frischen Brot, das in einem verschließbaren Korb lag. Ich holte vier Scheiben hervor sowie zwei Teller aus dem Schrank über mir, auf die ich sie verteilte. Als Nächstes ging ich zum Kühlschrank und griff nach Käse, Wurst und Butter. Das alles stellte ich auf die Arbeitsplatte und wartete, bis Sophie die Küche betrat.

»Wie sehe ich aus, Mami?«, fragte sie mich, als sie im Türrahmen erschien. Für einen kurzen Moment meinte ich, Mats schüchternes Lächeln in ihrem Gesicht aufblitzen zu sehen.

»Wie ein Engel«, sagte ich heiser vor Rührung.

Sie strahlte über das ganze Gesicht, als sie näherkam. »Meinst du, es hätte Papa auch gefallen?«

Ich musste schlucken und rang um Fassung, bevor ich nickte. Währenddessen kletterte sie auf ihren Stuhl.

Was war heute nur mit Sophie los? Erst fragte sie mich, ob ich sie verlassen würde und dann ob ihrem Vater ihr Kleid gefallen hätte? Sonst redete sie nie über Mat.

Nachdem ich ihr erklärt hatte, dass ihr Papa nie wiederkommen würde und jetzt bei den Engeln im Himmel lebte, hatte sie vor Wut alle Fotos aus ihrem Zimmer genommen und weggeworfen. Sie hatte ihn aus ihrem Leben verbannt, weil sie nicht verstanden hatte, dass es nicht seine Entscheidung gewesen war, uns zu verlassen.

Ich hatte mich darum bemüht, sie zu beruhigen, auf sie eingeredet und ihr versichert, dass ihr Vater sie liebte. Doch sie hatte sich geweigert, mir zu glauben. Ich hätte genauso gut gegen eine Wand reden können. Umso mehr verwunderte es mich, dass sie ihn jetzt erwähnte. Was ich jedoch mit Sicherheit sagen konnte, war, dass es mich aus der Fassung brachte. Diese plötzliche Selbstverständlichkeit ihrer Fragen war mir unheimlich.

»Er … Ihm hätte es auch gefallen, Liebes.«

»Vielleicht kommt er dann ja zurück«, sagte sie voller Hoffnung, woraufhin sich mein Herz schmerzhaft zusammenzog.

»Süße, ich bin mir sicher, dass er gern zurückkommen würde. Er kann es nur nicht. Aber weißt du was? Er beobachtet uns bestimmt und freut sich bei den Engeln über das wunderschöne Kleid.«

»Ja?« Ihre Augen leuchteten, und ein Lächeln breitete sich auf ihren Lippen aus.

Meine innere Anspannung löste sich ein wenig, erlaubte es mir, wieder zu atmen. »Ja, ganz sicher.«

Sie lachte vor Freude und blickte in Richtung Decke.

Wie oft ich schon gehört hatte, dass das Lachen eines Kindes befreiend wirke, ja, glücklich mache, weil es so unbeschwert klang. In diesem winzigen Augenblick konnte ich es bestätigen. Zum ersten Mal an diesem Morgen vergaß ich, die starke, unbeschwerte Mutter zu spielen, weil ich es ausnahmsweise wirklich war. Wenn auch nur für ein paar wertvolle Sekunden.

Nachdem ich die Brote geschmiert und sorgfältig in Sophies Rucksack verstaut hatte, zogen wir unsere Schuhe an. Die Schule lag etwa zehn Gehminuten von unserem Haus entfernt. Trotzdem begleitete ich meine Tochter jeden Morgen dorthin.

Sophie besuchte die erste Klasse und freute sich auf die spielerischen Stunden. Sie liebte ihre Lehrerin und genoss die Zeit mit ihren Freundinnen. Wenn sie nachher wieder zu Hause war, würde sie wie immer ohne Punkt und Komma von ihren Erlebnissen erzählen.

Ich konnte es verstehen, weil ich meine Grundschulzeit ebenfalls sehr genossen hatte. Ab der fünften Klasse war mir der Spaß allerdings vergangen.

»Heute lernen wir einen neuen Buchstaben«, freute sich Sophie und grinste breit.

»Welchen denn?«

Sie überlegte kurz. »Das E.«

»Ein sehr wichtiger Buchstabe, Süße.«

»Wirklich?«, fragte sie mich und blickte mich mit ihren wunderschönen, großen Augen an.

Ich nickte. »Ja, das ist er.«

»Dann werde ich heute besonders aufpassen.«

Den restlichen Schulweg, der uns durch den wunderschönen Kölner Stadtteil Bilderstöckchen führte, plauderte sie weiter aufgeregt über ihre Klasse und ihre Schulfreundinnen. Obwohl wir relativ zentral wohnten, säumten Bäume und Rasenflächen die kleinen Straßen, über die wir die Hauptverkehrsader des Viertels umgingen.

Als wir das Schulgelände betraten und sie ihre Mädels unter dem Vordach des Gebäudes entdeckte, drehte Sophie regelrecht auf. Sie umarmte mich schnell und lief dann eilig davon.

Lächelnd, wenn auch kopfschüttelnd blickte ich ihr hinterher. Ich wandte mich ab und lief prompt in den Vater eines kleinen Jungens hinein. Zuerst nahm ich ernste, beinahe kühle, braune Augen wahr, die zu einem großen, schlanken Körper gehörten. Er hatte kurzes, blondes Haar und ein schmales Gesicht. Für einen Moment blieb mein Blick an seinen geschwungenen Lippen hängen, bevor ich beschämt zu Boden sah.

»Es tut mir so leid«, entschuldigte ich mich hastig.

»Machen Sie sich keine Sorgen, mir ist nichts passiert. Beim nächsten Mal sollten Sie aber vielleicht erst gucken, bevor sie einfach loslaufen«, lachte der Mann, und seine tiefe, sonore Stimme hüllte mich für einen Augenblick in eine wohlige Gänsehaut.

Ich hob meinen Blick. Der harte Ausdruck aus seinen Augen war verschwunden und dem amüsierten Lächeln gewichen, das sich auf seinem Gesicht abzeichnete.

»Ja … Ja, das werde ich bestimmt«, stotterte ich verlegen. Dann verabschiedete ich mich schnell, um der peinlichen Situation zu entkommen.

Ich ging auf direktem Weg nach Hause, ohne mich noch einmal umzuschauen. Doch ich meinte, zu spüren, dass der Blick des fremden Mannes mir folgte. Erst als ich in meinem Auto saß, das direkt in der Einfahrt unseres Hauses stand, erlaubte ich mir, tief durchzuatmen.

Ein und aus.

So lange, bis die Anspannung langsam wich, die mich den ganzen Weg bis hierher begleitet hatte.

Was war gerade mit mir los gewesen? Wieso hatte er mich so verunsichert? Klar, er war attraktiv, das musste ich zugeben. Trotzdem war er nicht mein Typ. Er war nicht Mat, um den ich seit über einem Jahr trauerte und den ich trotzdem noch immer so sehr liebte. In meinen Gedanken und vor allem in meinem Leben gab es keinen Platz für einen Fremden. Ein Glück, dass ich diesen Kerl wahrscheinlich ohnehin nie wiedersehen würde.

Wie gut, dass ich jetzt gleich einen Termin bei meiner Psychologin hatte, die ich einmal in der Woche besuchte. Dieses Mal konnte ich ihr etwas erzählen und musste mir nichts aus den Fingern saugen, um sie zufriedenzustellen.

Ich startete mein Auto und machte mich auf den Weg zu ihr. Hoffentlich kam ich heute nicht wieder zu spät zu unserer Therapiesitzung. Die Praxis lag am anderen Ende der Stadt und zu der frühen Zeit herrschte Chaos auf Kölns Straßen. Ich hoffte einfach, dass es keinen Stau geben würde. Vor allem da es kaum etwas gab, das ich weniger ausstehen konnte. Die Menschen waren dann immer gestresst, manche sogar unberechenbar.

Doch was sollte ich machen? In einer Metropole wie Köln war diese Art von Verkehr nun einmal an der Tagesordnung.

Deswegen ergab ich mich meinem Schicksal und versuchte mein Glück.

Als ich etwa eine Stunde später den Empfangsbereich der Praxis betrat, empfing mich eine große, Brünette. Sie trug ein einfaches, blaues Sommerkleid und hatte ihre Haare zu einem strengen Pferdeschwanz gebunden. Ihr Name lautete Steffi und sie war die Assistentin von Frau Dr. Mayenkamp. »Judith! Schön, dich wiederzusehen. Wie geht es dir?«

Ich kam seit knapp einem halben Jahr hierher. Dabei hatte Steffi mich nie sonderbar behandelt oder mir das Gefühl gegeben, dass etwas in meinem Kopf nicht richtig funktionierte. Dafür war ich ihr unendlich dankbar.

Vor ein paar Monaten hatten wir uns angefreundet. Sie hatte mich damals auf einen Kaffee eingeladen. Als Entschädigung, weil ihre Chefin zu einem Notfall gerufen worden und ich umsonst durch die halbe Stadt in die Praxis gefahren war.

Nachdem sie uns im Café nebenan zwei Cappuccino besorgt hatte, hatten wir es uns in der Praxis gemütlich gemacht. Wir waren sofort auf einer Wellenlänge gewesen und seit diesem Tag tatsächlich gute Freundinnen.

»Hey. Na ja, mir geht's so wie immer, danke der Nachfrage. Du weißt ja … Ich kämpfe mich tapfer durch die Tage. Und wie geht es dir?« Ich verzog meinen Mund zu einem schiefen Lächeln.

»Mir ging es noch nie besser. Mark hat mir endlich einen Antrag gemacht.« Sie strahlte über das ganze Gesicht, als sie mir ihre Hand entgegenstreckte, um mir ihren Ring zu zeigen. Es war ein schöner Ring. Schlicht, mit einem einzelnen Stein, der kunstvoll in das glänzende Silber eingelassen war.

Ich spürte einen sanften Stich in meinem Herzen, doch ich ignorierte ihn. Sie war meine Freundin, ich sollte mich für sie freuen. Eifersucht auf das, was sie besaß und ich für immer verloren hatte, hatte keinen Platz in diesem Augenblick.

»Das ist ja klasse, Glückwunsch!« Ich lief um den Tresen herum und schloss sie fest in die Arme.

Bevor wir unser Gespräch weiter vertiefen konnten, öffnete sich die Tür zu Frau Dr. Mayenkamps Sprechzimmer. Eine kleine, kräftige Frau mit langen, schwarzen Haaren trat heraus. Auf ihrer Nase trug sie eine große Brille, die ihre Züge noch sympathischer wirken ließ.

»Ah, Frau Braun, es freut mich, Sie zu sehen. Kommen Sie doch schon einmal herein, ich bin sofort für Sie da.«

Ich winkte Steffi noch einmal zu, bevor ich in das Sprechzimmer trat und mich auf eines der beiden gemütlichen, schwarzen Sofas fallen ließ, die einander gegenüberstanden. Auf dem kleinen, runden Tisch dazwischen waren wie immer eine Packung Taschentücher und ein frischer Blumenstrauß platziert. Im hinteren Teil des großen Zimmers befand sich ein Schreibtisch, auf dem viele ordentlich aufeinandergestapelte Akten lagen. Die Wände waren in einem sanften Sandton gestrichen. Der Raum wirkte im Zusammenspiel mit den vielen Pflanzen beinahe wie ein privates Wohnzimmer. Ich musste mich hier einfach wohlfühlen.

Geräuschlos schloss Frau Dr. Mayenkamp die Tür und setzte sich mir gegenüber. Wie jedes Mal musterte sie mich erst aufmerksam, bevor sie unsere Therapiesitzung offiziell begann. Ich wusste genau, welche Frage sie mir zuerst stellen würde, kannte sie bereits. Das gab mir eine Routine, auf die ich mich einstellen konnte.

Eine Gewohnheit, die mir half, in das Gespräch hineinzufinden.

»Wie geht es Ihnen, Frau Braun?«

Ich lächelte traurig. »Er fehlt mir noch immer sehr, aber es geht mir schon besser.«

Wissend blickte sie mich an. »Sie fangen langsam an, loszulassen.«

Erschrocken weiteten sich meine Augen. »Meinen Sie? Er erscheint mir in jedem meiner Träume. Der Gedanke an ein Leben ohne ihn fühlt sich so falsch an. Es tut so verdammt weh, zu versuchen, ihn …«

»Ich sagte nur, dass Sie langsam damit anfangen, nicht mehr. Das ist der erste Schritt in die richtige Richtung. Sie beginnen, Ihr Leben wieder zu leben. Das alles braucht seine Zeit, aber ich sehe den Fortschritt an Ihnen.«

Ich hatte keine Ahnung, was ich darauf erwidern sollte. Als ich vor anderthalb Jahren den Anruf bekommen hatte, dass Mat bei einem Autounfall schwer verletzt worden war und kurz darauf verstorben war, hatte sich meine Welt von einer Sekunde auf die andere in Scherben aufgelöst. Zu winzig und zu fein, um sie jemals wieder zusammenzusetzen. Sein Tod hatte mir den Boden unter den Füßen weggerissen. Mat war meine ganze Welt gewesen.

Er und Sophie.

Weil ich zu nichts mehr fähig gewesen war, hatten meine Eltern mich gezwungen, vorübergehend zu ihnen zu ziehen. Im Nachhinein war ich ihnen sehr dankbar dafür. Sie hatten sich um Sophie gekümmert, mir geholfen, ihr beizubringen, dass ihr

Vater nie wiederkommen würde. Mit jedem Tag, der seit Mats Tod vergangen war, hatte ich ein kleines Stück weiter zurück in die Realität gefunden. Erst nur sporadisch, dann jedoch war es mir gelungen, Routinen zu entwickeln, anhand derer ich mich nun durch meinen Alltag hangelte. Der Verlust hatte mir einen Teil meiner Selbst genommen. Ich atmete, wenn auch bloß für meine Tochter.

Sophie war mein Grund, weiter zu leben. Sie allein zu lassen, könnte ich nicht ertragen. Für sie war ich bereit, zu kämpfen und stark zu sein.

Ein halbes Jahr nach dem Unfall waren wir wieder zurück in unser Haus gezogen. Obwohl die Erinnerungen an Mat mich noch immer niederzuringen versuchten, schaffte ich es, hart zu bleiben. Nur abends, wenn Sophie schlief, ließ ich die Tränen zu und weinte mich in den Schlaf.

Als ich kurz nach unserer Rückkehr jedoch bemerkt hatte, dass ich immer wieder in meine Depression abglitt, war mir klar geworden, dass ich Hilfe brauchte. Und so war ich schließlich bei Frau Dr. Mayenkamp gelandet.

»Bestrafen Sie sich nicht selbst. Damit tun Sie weder sich noch Sophie einen Gefallen.«

Gehorsam nickte ich. »Das ist nur leichter gesagt als getan.«

Sie lächelte mich sanft an. »Ich weiß, dass ich so etwas als Therapeutin leicht sagen kann. Aber Sie sind auf dem richtigen Weg. Ist in der letzten Woche etwas Besonderes passiert, über das Sie sprechen möchten? Wie ist es Ihnen ergangen?«

Erst wollte ich mit den Schultern zucken, der Frage ausweichen, so wie ich es immer tat. Doch dann fiel mir der Mann von heute Morgen wieder ein. Vergessen hatte ich ihn nicht. Es passte zu dem, was Frau Dr. Mayenkamp gesagt hatte. Ich hatte mich zum ersten Mal seit Mats Tod für einen Mann interessiert – wenn auch nur ansatzweise.

»Ich glaube, dass ich wirklich Fortschritte mache. Nachdem ich Sophie heute zur Schule gebracht habe, bin ich in einen Mann hineingelaufen. Er sah Mat absolut nicht ähnlich, doch zum ersten Mal habe ich mich getraut, jemanden anzuschauen. Ich habe den Gedanken zugelassen, dass er attraktiv ist.«

»Aber dann haben Sie die Flucht ergriffen, richtig?«, fragte mich Frau Dr. Mayenkamp.

Ich nickte. »Ich war so durcheinander, dass ich meinem Instinkt gefolgt bin. Alles in mir hat danach geschrien, wegzulaufen. Mir gesagt, dass ich an Mat festhalten muss. Dass es ihm gegenüber nicht fair wäre, ein neues Leben ohne ihn zu beginnen.«

»Das sind ganz normale Gedanken. Die hat jeder Mensch in Ihrer Situation. Sie sind noch so jung und haben noch mehr als ihr halbes Leben vor sich. Ich bin mir sicher, dass wir einen Weg für Sie finden werden, neu anzufangen.«

Tränen brannten in meinen Augen. Ich wollte nicht neu anfangen, ich wollte meinen Mann zurück. Ja, vielleicht hatte sie recht und Mat würde wollen, dass ich glücklich war. Nur war er die Liebe meines Lebens gewesen. Nie wieder würde ich jemanden so lieben können wie ihn.

Am Tag unserer Hochzeit hatten wir uns ewige Liebe geschworen. Ein Versprechen, an dem ich festhalten wollte. Angesichts dessen jagte mir allein die Vorstellung, dass es jemals einen anderen Mann als Mat geben könnte, eine Heidenangst ein.

»Wie fühlen Sie sich gerade?«, durchbrach die verständnisvolle Stimme meiner Psychologin den dichten Kokon, den ich um mich errichtet hatte.

»Nicht gut. Es tut weh, zu akzeptieren, dass er nie wiederkommen wird. Die Vorstellung, dass es einen anderen Mann geben könnte, fühlt sich falsch an. Sie macht mir Angst.«

»Stellen Sie sich dieser Angst. Sie fürchten, sich erneut zu binden. Weil Sie wissen, wie es sich anfühlt, wenn Sie diese Geborgenheit wieder verlieren. Sie möchten sich nie wieder so verletzlich fühlen wie nach dem Tod Ihres Mannes. Meine Aufgabe wird es sein, Ihnen diese Sicherheit zurückzugeben.«

»Das ist es nicht. Ich habe Mat an unserem Hochzeitstag versprochen, ihn für immer zu lieben. In meinem Herzen ist gar kein Platz für einen anderen. Ich könnte einem neuen Partner nie die Liebe entgegenbringen, die er verdient hätte.«

Meine Psychologin musterte mich ernst. »Sie sollen Mat ja auch nicht ersetzen, Frau Braun. Ich bin mir sicher, dass Sie Mat immer lieben werden, selbst wenn Sie irgendwann einen neuen Mann kennenlernen sollten. Sie sollen Ihre Gefühle für Mat nicht aufgeben, sondern nur ihr Herz für etwas Neues öffnen. Denn dann werden Sie Wege finden, einen anderen Menschen zu lieben.«

Ich presste die Lippen fest aufeinander, weil ich nicht wusste, wie ich damit umgehen sollte. Ich spürte, dass Frau Dr. Mayenkamp recht hatte. Dennoch wollte ich die Wahrheit in ihren Worten nicht an mich heranlassen.

Die ganze Situation überforderte mich. Ich fixierte mich auf meine Tochter, blendete alles um mich herum aus und verdrängte meine eigenen Konflikte. Trotzdem wusste ich, dass es falsch war. Ich musste wieder anfangen, zu leben, bevor ich Sophie erdrückte. Noch war sie mein kleines Mädchen, aber irgendwann würde sie erwachsen werden und eigene Wege gehen.

Dann wäre ich wieder allein.

Einsam.

Ich hatte akzeptiert, dass Mat tot war, hatte es geschafft, mich in einer Realität ohne ihn zurechtzufinden. Doch meine Existenz baute auf einem schwindenden Konstrukt auf. Ich folgte einer Routine, die wahrscheinlich noch ein paar Jahre funktionieren würde. Aber niemals für immer.

Ich musste wieder leben.

Fuß fassen.

Glücklich werden – oder es zumindest versuchen.

»Ich sehe, Sie denken über meine Worte nach.«

Zögerlich nickte ich. »Ja, natürlich.«

»Möchten Sie mir davon erzählen?«

Ich schüttelte den Kopf. »Nein, ich muss mir erst einmal darüber klar werden, was das alles für mich bedeutet.«

Ich konnte und wollte es nicht artikulieren, denn sobald ich sie laut aussprach, wären die Worte endgültig. Es würde sich anfühlen, als hätte ich all das einfach so akzeptiert. Als hätte ich mit Mat abgeschlossen und ihn vergessen, als würde ich ihn verraten.

Frau Dr. Mayenkamp warf einen Blick auf ihre Armbanduhr. »Dann machen Sie das, und wir reden ein anderes Mal darüber. Unsere Zeit ist leider vorbei, aber ich möchte Ihnen eine kleine Aufgabe mitgeben. Beobachten Sie die Menschen um sich herum mal genauer. Merken Sie sich ihr Aussehen, markante Merkmale und vor allem den Gesichtsausdruck. Überlegen Sie sich, was diese Menschen gerade fühlen könnten.«

»In Ordnung.«

Ich hatte es aufgegeben, den Sinn ihrer Aufgaben zu hinterfragen. Eine zufriedenstellende Antwort bekam ich ohnehin nie. Sie dachte sich dabei etwas, sagte mir aber nie, was genau. Ich sagte zu allem Ja. Ob ich es auch tat, war eine andere Sache.

Ich stand vom Sofa auf, und Frau Dr. Mayenkamp brachte mich zur Tür. »Bis nächsten Montag, Frau Braun.«

»Auf Wiedersehen«, antwortete ich und verließ die Praxis. Ich hatte gehofft, Steffi noch einmal zu sehen, doch sie war nicht an ihrem Platz und holte sich wahrscheinlich einen Kaffee für eine kleine Frühstückspause.

Auf der Straße atmete ich tief durch, bevor ich mich auf den Weg zu meinem Auto machte.

KAPITEL 2

Sascha

Im ersten Moment wollte ich mich über die Frau aufregen, die mich fast umgerannt hatte. Zum einen, weil ich dachte, sie wäre eine dieser Supermuttis, die glaubten, die gesamte Welt gehöre ihnen, und von denen es leider genug an dieser Grundschule gab. Zum anderen, weil sie in einer Umgebung, mit so vielen Kindern wirklich vorsichtiger sein könnte.

Doch als ich den tieftraurigen Ausdruck in ihren blauen Augen sah, verrauchte meine Wut augenblicklich. Mein Beschützerinstinkt erwachte, und ich wollte sie in den Arm nehmen, ihr zuflüstern, dass alles gut werden würde. Innerlich schalt ich mich für diesen Gedanken. Ich kannte die Frau nicht einmal, wir waren uns nie zuvor begegnet.

Unauffällig betrachtete ich ihren schlanken Körper in der viel zu weiten Kleidung. Ihre langen, blonden Haare schmiegten sich sanft an ihr schmales Gesicht. Sie war hübsch und fiel eindeutig in mein Beuteschema. Dann blieb mein Blick an dem goldenen Ring an ihrer linken Hand hängen. Sie war verheiratet. Beinahe schämte ich mich für meine Gedanken, doch ich konnte nicht anders. Etwas an ihr zog mich an. Ich wollte sie berühren und ihre zarte Haut fühlen. Ihr ihre Zerbrechlichkeit nehmen …

Ich unterbrach meine Fantasie und schüttelte innerlich den Kopf. Was war nur los mit mir? Seit wann ließ ich mich von Äußerlichkeiten so sehr mitreißen? Es brauchte nur einen Blick aus diesen traurigen Augen, und ich schmolz dahin? Weil ich ihr helfen wollte, obwohl sie wahrscheinlich keine Hilfe brauchte, zumindest nicht meine.

Doch vielleicht wurde sie von ihrem Mann misshandelt? Ich erstickte den Gedanken im Keim. Selbst wenn es so wäre, konnte ich nichts für sie tun. Außerdem durfte ich nicht immer zu viel in solche Dinge hineininterpretieren. Es könnte ja auch sein, dass ihr Haustier oder ein Familienmitglied gestorben war. Oder dass ihr Mann die Scheidung wollte. Es gab genug Auslöser für Trauer, es musste nicht zwangsläufig häusliche Gewalt sein.

Manchmal trieb mich mein Argwohn in den Wahnsinn. Eine Nebenwirkung der Arbeit, der berühmt berüchtigte Spürsinn, der sich mit den Jahren verfeinert hatte. Bevor ich allerdings irgendetwas sagen oder tun konnte, murmelte sie eine hastige Entschuldigung und lief davon.

Ich blickte ihr nach. Warum lief sie wie ein aufgescheuchtes Reh davon? Hatte sie Probleme? Oder hatte ich etwas falsch gemacht?

Als mein Sohn mich anstupste und Aufmerksamkeit forderte, verdrängte ich meine Gedanken über die Fremde endgültig in den letzten Winkeln meines Gehirns. Ich nahm den Schulranzen von meiner Schulter und reichte ihn Jonas. Während er in die Träger schlüpfte, hielt er seinen Kopf gesenkt und würdigte mich keines Blickes.

»Bis dann, Papa«, sagte er hastig, bevor er zu seinen Freunden lief.

»Bis dann, Kleiner«, murmelte ich vor mich hin, weil mein Sohn längst außer Hörweite war.

Natürlich freute ich mich, dass er schnell Anschluss gefunden hatte und sich an seiner neuen Schule wohlfühlte, aber sein abweisendes Verhalten tat mir weh. Seit der Scheidung von Kathi sah ich ihn nicht mehr so oft, da er bei seiner Mutter lebte. Ich hoffte, dass es einfach eine Phase war und wir bald wieder so unzertrennlich sein würden wie vorher. Schließlich war ich sein Vater.

Ich atmete tief durch und sah noch einmal kurz zu meinem Jungen, bevor ich beschloss, das Schulgelände zu verlassen. Er würde eh nicht noch einmal zu mir kommen, um sich richtig zu verabschieden. Ein wenig niedergeschlagen ging ich zu meinem Auto, stieg ein und machte mich auf den Weg zur Arbeit.

Schon von klein auf hatte ich davon geträumt, Polizist zu werden. Letztendlich hatte ich mir diesen Wunsch erfüllt, auch wenn ich dafür ein großes Opfer gebracht hatte. Ich liebte und lebte für meinen Job, weswegen meine Ehe schlussendlich in die Brüche gegangen war. Kathi hatte mir immer wieder vorgeworfen, dass ich mit meiner Arbeit verheiratet sei und für sie kein Platz in meinem Leben wäre. In mancherlei Hinsicht hatte sie damit recht behalten, weshalb wir am Ende auseinandergegangen waren.

Dennoch fühlte es sich gut an, die Welt ein bisschen sicherer zu machen. Mit achtzehn hatte ich die Ausbildung angefangen und zunächst als Streifenpolizist gearbeitet. Nach kurzer Zeit hatte sich herausgestellt, dass ich eine ausgeprägte Fähigkeit besaß, mich in andere Menschen hineinzuversetzen. Okay, nicht nur in Menschen generell, sondern vor allem in unsere Täter. Deswegen hatten sie mich kurz nach meinem zweiundzwanzigsten Geburtstag in die Mordkommission geholt, wo ich bis heute der Jüngste war.

Das Morddezernat war zwar spannend, doch nicht jeder war für die Arbeit dort geschaffen.

Ich machte meinen Job gern. Selbst wenn es sich für viele Menschen seltsam anhörte, ich liebte die Herausforderung, mich in einen Täter, mit all seinen Charakteristika und Abgründen, hineinzuversetzen. Ihm auf diese Weise Stück für Stück näherzukommen.

Ihn so lange in die Ecke zu drängen, bis wir ihn festnehmen konnten. Ein perfektes Verbrechen gab es nicht. Jeder hinterließ Spuren. Egal, wie klein sie waren, ich fand sie. Immer.

Doch eine Arbeit wie diese machte einsam. Sie härtete ab. Während sich andere über ihre Jobs unterhielten, schwieg ich. Niemand wollte Details über Morde hören, was ich verstehen konnte. Von meinen Verschwiegenheitsverpflichtungen einmal abgesehen.

Was die Menschen in meinem Umfeld jedoch noch weniger guthießen, war, dass ich so viele Überstunden machen musste. Ich hatte kaum Zeit für meine Freunde oder meine Familie, weil der Job mich in Atem hielt. Manche, vor allem Kathi, hatten sich von mir abgewendet, weil sie Angst hatten, dass ich eines Tages nicht mehr nach Hause kommen würde. Oder sie fürchteten, selbst in den Fokus von Psychopathen zu geraten, die sich an mir rächen wollten. Immerhin ließ ich mich auf Verbrecher ein, auf Mörder, um es genau zu sagen. Und nicht jeder von ihnen wurde durch seinen Aufenthalt im Gefängnis oder der Psychiatrie zu einem besseren Menschen.

Bisher war so etwas nie geschehen, und ich hatte allen immer versichert, dass so etwas in Krimiserien und nicht ins echte Leben gehörte. Es bestand ein Risiko, ja. Aber im Verhältnis war es doch eher gering. Außerdem bestand mein Team aus hochqualifizierten Leuten, und die meisten unserer Fälle konnten wir glücklicherweise schnell aufklären.

Als sich jemand von rechts vor mich drängte, schlug ich wütend auf die Hupe und fluchte laut. Was fiel diesem Idioten da eigentlich ein? Es war lebensgefährlich und unverantwortlich, so knapp vor jemanden einzuscheren. Na ja, ... ändern konnte ich es eh nicht. Ich zwang mich, durchzuatmen, und kämpfte mich mühsam weiter durch den zähen Berufsverkehr der Kölner Innenstadt.

Als ich das Auto endlich in der Tiefgarage der Dienststelle parkte, war ich erleichtert. Hastig griff ich nach meinem Kaffeebecher und meiner Tasche. Dann stieg ich aus, schloss meinen Wagen ab und machte mich auf den Weg in mein Büro.

Von der Tiefgarage aus führte eine Treppe in den Empfangsbereich, von dem aus ich den Aufzug nach oben nehmen konnte.

»Guten Morgen, Sascha«, begrüßte mich Janette am Eingang.

»Guten Morgen.« Ich nickte ihr kurz zu, während ich an ihr vorbeieilte.

Sie war nett und kompetent, doch gleichzeitig so furchtbar aufdringlich. Wenn sie einmal ein Opfer in ein Gespräch verwickelt hatte, ließ sie es so schnell nicht wieder los. *Wie eine Spinne ihre Beute,* schoss es mir durch den Kopf. Nein, auf eine solche Unterhaltung konnte ich an diesem Morgen gut verzichten.

»Sascha, warte kurz!«, rief sie.

Ich überlegte erst, ob ich einfach weitergehen und so tun sollte, als hätte ich sie nicht gehört. Dann jedoch siegte mein schlechtes Gewissen. Ich machte kehrt und ging zu ihr an den Tresen. »Ja, bitte?« Abwartend sah ich sie an.

Sie setzte ihr professionelles Lächeln auf, nahm einige Akten und reichte sie mir. »Die soll ich dir geben.«

Ich griff eilig danach. »Vielen Dank. Falls mich jemand sucht, ich bin oben.« Ich schnappte noch ihren verwunderten Blick auf, bevor ich mich abwandte und schnellen Schrittes in Richtung Aufzug lief.

Auf unserer Etage angekommen, begrüßten mich gähnende Leere und Dunkelheit. Ich hatte gedacht, dass meine Kollegen schon da wären, doch nirgendwo brannte Licht. Das lag wahrscheinlich daran, dass wir von der Dienststellenleitung aus angehalten waren, zwischen den Fällen etwas kürzer zu treten, um Überstunden abzubauen. Im Gegensatz zu mir hielten sich meine Kollegen offensichtlich daran. Aber was sollte ich machen? Nachdem ich Jonas zur Schule gebracht hatte, hätte es sich kaum gelohnt, noch einmal nach Hause zu fahren und die Füße hochzulegen.

Ich zuckte mit den Schultern. Auch in ruhigeren Phasen gab es hier immer noch genug zu tun. Ich würde mich um meine Aktenablage kümmern und vielleicht am Nachmittag einige Überstunden abbauen. Ich könnte Kathi anrufen, sie fragen, ob sie nicht vielleicht mit mir Mittagessen gehen wollte, bevor Jonas aus der Schule kam.

Ich würde lügen, wenn ich behauptete, dass Kathi mir nichts mehr bedeutete. Um ehrlich zu sein, liebte ich sie noch immer und würde das wahrscheinlich auch immer. Wir kannten uns seit der fünften Klasse und waren fünfzehn Jahre ein Paar gewesen. Das alles würde ich nicht so schnell vergessen und wollte es auch nicht. Auch wenn nie wieder etwas aus uns werden würde, genoss ich jede Minute mit ihr. Und ab und zu gestand ich mir den Traum zu, dass wir zu vergangenen Zeiten zurückkehren würden.

Ich ging den Gang entlang und schloss die Tür zu meinem Büro auf. Dort empfing mich abgestandene Luft sowie der unverkennbare Geruch von altem Papier und Tabak.

Ich war kein Raucher, doch wenn mich ein Fall zu sehr stresste, brauchte ich manchmal die eine oder andere Zigarette, um meine Nerven zu beruhigen. Das Nikotin half mir, in solchen Situationen einen kühlen Kopf zu bewahren.

Ich durchquerte mein großes Büro, um das Fenster, unter dem ein Sofa stand, zu öffnen. Ich mochte dieses Zimmer. Auch wenn es eher karg eingerichtet war, fühlte ich mich hier wohl. Neben der bequemen Couch, auf der man auch gut schlafen konnte, gab es nur meinen Schreibtisch mit Stuhl und mehrere Regale. Alle voll mit Akten und Ordnern, genau wie mein Schreibtisch. Ich konnte meine Tastatur kaum noch erkennen vor lauter Dokumenten.

Ich ging zu meinem Arbeitsplatz und legte die Akten von Janette erst einmal auf meinem Stuhl ab, meine Tasche schob ich unter den Tisch. Dann begann ich, die Ordner zu sortieren und mir einen Überblick zu verschaffen.

Nachdem ich das anfängliche Chaos in mehrere, kleinere Stapel geordnet hatte, verließ ich mein Büro, um mir meinen wohlverdienten zweiten Kaffee aus der kleinen Teeküche zu holen, die gegenüber von meinem Büro lag.

Als das Mahlen der Maschine ertönte, lehnte ich mich an die Wand und schloss für einen Moment die Augen. Vielleicht sollte ich mir wirklich Ruhe gönnen und abschalten. Ich stand ständig unter Druck, sodass ich kaum noch wusste, was es bedeutete, zu entspannen.

Als ich hinter mir leise Schritte vernahm, hörte ich für den Bruchteil einer Sekunde auf, zu atmen. Mein Körper spannte sich augenblicklich an. Fast automatisch glitten meine Hände an meine Hüfte, nur um festzustellen, dass meine Waffe noch sicher verwahrt im Safe meines Büros lag. Anscheinend war ich wirklich ziemlich durch. Ich wandte mich um und war erleichtert, als ich meine Kollegin Maya erkannte, die müde den Gang entlang schlurfte.

Sie trug eine weite, marineblaue Hose und ein weißes Shirt, das einen starken Kontrast zu ihrer dunklen Haut bildete. Ihre schwarzen Dreadlocks hatte sie zu einem dicken Zopf zusammengebunden.

Ich ärgerte mich darüber, dass ich anscheinend selbst in der Teeküche unseres Dezernats von einem Moment auf den anderen auf Verteidigung schaltete. Vielleicht war es der Stress, vielleicht wurde man aber auch durch die Arbeit an sich vorsichtiger, sensibler, misstrauischer. Dass ich jedoch ausgerechnet im Büro so reagierte, gab mir zu denken. Ich musste unbedingt mehr schlafen, bevor ich am Ende noch einen Burnout oder meinen Rauswurf riskierte.

»Morgen«, brummte Maya, als sie die Küche betrat.

»Guten Morgen, Maya.« Ich unterdrückte ein Lächeln bei ihrem müden Anblick und vergaß meine Sorge um mich.

Viel mehr machte ich mir Gedanken um meine Kollegin. Mein Team war meine Familie, und Maya sah ziemlich fertig aus. Hatte ich sie zu sehr beansprucht? Musste ich meinen Kollegen mehr Freizeit gönnen? Ich wollte sie nicht verschleißen, dafür waren sie mir alle viel zu sehr ans Herz gewachsen.

Als man mir eine Stelle als Teamleiter angeboten und ich mir meine Truppe zusammengestellt hatte, hatte Maya ganz oben auf meiner Liste gestanden. Ich hatte sie unbedingt ins Boot holen wollen, obwohl sich meine Vorgesetzten zunächst geweigert hatten. Kein Wunder, immerhin hatten wir Maya damals als Hackerin verhaftet. Noch immer war ich von ihren Fähigkeiten sowie ihrer Kombinationsgabe tief beeindruckt. Es gab kein Netzwerk, das vor ihr sicher war. Selbst vor unseren Polizeiservern hatte sie nicht Halt gemacht und all das belastende Material über ihre Person gelöscht. Wir hätten sie anzeigen können, doch ich hatte mich stattdessen dafür eingesetzt, ihr einen Deal vorzuschlagen. Ich wusste, dass in ihr mehr steckte als eine Kriminelle. Alles, was sie brauchte, war eine wirkliche Perspektive.

Sie hatte nicht lange gezögert und das Angebot angenommen. Inzwischen hatte sie allen gezeigt, dass sie mehr konnte als nur Unfug anzustellen. Sie hatte sich um hundertachtzig Grad gedreht und gehörte seitdem fest zu uns.

In unserem Team hatte jeder seine Aufgaben. Maya war für die Recherchen zuständig – und sie war die Beste darin.

Nachdem der Kaffee durchgelaufen war, warf ich einen erneuten Blick auf meine Kollegin. Sie hatte sich an den Türrahmen gelehnt und die Augen geschlossen.

»War eine lange Nacht gestern, was?«, fragte ich sie und hielt ihr die Tasse hin.

Sie griff danach und inhalierte den herben Geruch des Kaffees, bevor sie schlürfend ein paar Schlucke trank.

»Danke, du bist der Beste«, murmelte sie. »Ein Kumpel hatte Probleme mit seinem Rechner, und ich musste die Daten retten. Ist etwas später geworden als geplant.« Sie grinste schief.

Für einen Moment musterte ich sie. Es wurde von unseren Dienstherren nie gern gesehen, wenn Maya für Freunde Sachen erledigte, was auch immer es war. Ich vertraute ihr blind und stellte keine Fragen. Sie wusste, was geschehen würde, wenn sie wieder auf die schiefe Bahn geriet. Dann drohte ihr das Gefängnis, und kein Deal dieser Welt könnte das verhindern.

Ich wandte mich schweigend dem Regal zu und griff nach einer weiteren Tasse, um auch mir endlich zu dem so dringend benötigten Heißgetränk zu verhelfen.

»Sascha, ich habe nichts Falsches gemacht. Ich habe nur seine Festplatte gerettet.«

»Du weißt, dass ich dir vertraue, Maya.« Als mein Kaffee durchgelaufen war, drehte ich mich wieder zu meiner Kollegin, die traurig zu Boden schaute.

»Danke, dass du zu mir hältst.«

»Ich weiß, dass du es hier nicht einfach hast, aber ich versichere dir, dass das gesamte Team hinter dir steht.«

Maya blickte mich aus ihren dunklen Augen an, und ich konnte die Dankbarkeit darin lesen. Gemeinsam verließen wir die kleine Küche.

»Was steht heute eigentlich an?«, fragte Maya mich und lenkte damit geschickt vom Thema ab.

Ich grinste. »Erst mal nur Aktenablage. Ich wollte später, wenn alle eingetroffen sind, ein kurzes Meeting abhalten, um mir einen Überblick zu verschaffen. Wir sollten hoffen, dass kein Fall reinkommt, damit wir uns endlich ein paar Tage Ruhe gönnen können.«

Maya lachte laut auf. »Du möchtest mal keinen Fall haben? Wer bist du und was hast du mit Sascha gemacht? Ich sehe jetzt schon, wie sehr dich diese Ruhe auffrisst, Chef.«

Ich lachte. »Stimmt, aber wir sollten erst einmal Ordnung in die Bude bekommen. Dann darf auch wieder etwas passieren. Außerdem schaden ein paar ruhige Tage wirklich nicht.«

Maya lachte. »Ich geh' dann mal arbeiten – oder jedenfalls so tun, als ob.«

Ich schnaubte belustigt. »Sag das nicht zu laut. In den falschen Ohren könnte das Ärger geben.«

Ihr glockenhelles Lachen hörte ich noch, als ich in mein Büro trat. Ich stellte meinen Kaffee neben der Tastatur ab und fuhr meinen Rechner hoch. Dann überprüfte ich die offenen Fälle. Zum Glück waren es nicht viele. Die meisten waren abgeschlossen oder befanden sich schon in der Nachbereitung. Vielleicht würden uns wirklich ein paar entspannte Tage vergönnt sein.

Zufrieden wandte ich mich wieder den Aktenbergen vor mir zu und fing an, sie durchzugehen. Einige Ordner würde ich definitiv ins Archiv schicken, zumal ich dringend Platz in meinem Büro brauchte.

Nach und nach kamen die restlichen Kollegen ins Dezernat. Sehr gut. Sobald ich meinen Papierkram fertig sortiert hatte, würde ich alle zusammentrommeln. Mir fehlten im Grunde nur noch die wenigen Akten, die Janette mir heute Morgen mitgegeben hatte.

Als ich beim letzten Dossier angekommen war, stutzte ich. Es ging um einen Verkehrsunfall, der auf meinem Schreibtisch eigentlich gar nichts zu suchen hatte. Janette schien in der Eile wohl etwas verwechselt zu haben. Aber weil ich einen weiteren Irrtum auf jeden Fall ausschließen wollte, blätterte ich die Fallakte durch. Gut, vielleicht war ich auch einfach ein bisschen neugierig auf die Arbeit meiner ehemaligen Kollegen.

Nach kurzer Zeit stellte ich fest, dass es wirklich ein Versehen gewesen sein musste. Der Mann war auf nasser Fahrbahn ins Schleudern geraten und von der Straße abgekommen. Er war mit dem Auto in einen Baum gefahren und noch am Unfallort an seinen Verletzungen gestorben. Die Beifahrerin war bis auf ein paar Prellungen unversehrt geblieben.

Glücklicherweise.

Es reichte ja, dass er sie überhaupt in Gefahr gebracht hatte, indem er bei diesem furchtbaren Wetter wahrscheinlich viel zu schnell gefahren war.

Ich betrachtete das Bild der blonden Frau, unter ihrem linken Auge zeichnete sich ein Bluterguss ab. Dennoch musste ich zugeben, dass sie sehr hübsch war. Als ich ihren Namen sah, stutzte ich: Marie Weißdorn. Der Mann hieß jedoch anders. Weiter stand in dem Bericht, dass er seine Ehefrau und Kind hinterließ.

Ich schloss den Fall und schob ihn von mir. Es war nicht meine Aufgabe, hinter seine Rätsel zu kommen, auch wenn meine Spürnase anschlug. Ich roch beinahe, dass etwas an dieser Sache nicht stimmte. Es war ein zwanghaftes Gefühl, das mich dazu drängte, die Akte erneut aufzuschlagen. Ich liebte es, Geheimnissen auf den Grund zu gehen, doch die eventuelle Affäre eines untreuen Ehemannes gehörte definitiv nicht zu meinem Aufgabengebiet. Jedenfalls solange sie nicht in einem Mord endete.

Kopfschüttelnd legte ich die Akte wieder zurück auf meinen Tisch. Ich würde sie Janette später wiedergeben, damit sie sie an die richtige Abteilung weiterleiten konnte. Dann stand ich auf, um meine Kollegen ins Besprechungszimmer zu rufen. Es war Zeit für unser Meeting. Vor allem aber musste ich diesen komischen Verkehrsunfall aus meinem Kopf bekommen.

Als alle versammelt waren, ließ ich den Blick über die kleine Runde schweifen. Direkt neben Maya saß Sarah, und der Kontrast zwischen den beiden hätte nicht größer sein können. Sarah hatte blondes, langes Haar und schneeweiße Haut. Sie trug ein dunkles, weit ausgeschnittenes Shirt und eine schwarze

Röhrenjeans. Sie war ein Ass in Forensik und fand jedes noch so winzige Detail, das zum Täter führte. Ihr machte niemand etwas vor. Sie hatte das richtige Gespür und wusste immer, wonach sie suchen musste.

Dann war da Julian, der neben mir einer der jüngsten in der Mordkommission war. Er hatte mittellange, braune Haare, die wüst in alle Richtungen abstanden. Das gab ihm ein freches, unschuldiges Aussehen, das die meisten Frauenherzen dahinschmelzen ließ. Er liebte es, mit seinem Charme zu spielen. In seiner vorherigen Position hatte er sich mit seiner Art gehörigen Ärger eingehandelt. Trotzdem war er eigentlich sehr feinfühlig und wusste, wie er mit Menschen umgehen musste. Er schaffte es, jeden noch so verschlossenen Charakter zum Reden zu bringen.

Der Letzte in meinem Team war Oliver. Er war der Älteste und wie ich bereits als junger Mann ins Morddezernat gekommen. Oliver war kräftig gebaut und hatte kurzes, graues Haar. Auf den ersten Blick wirkte er distanziert oder gar unfreundlich. Im Grunde aber war er eine gute Seele. Wir hatten früher schon zusammengearbeitet. Irgendwie war er noch immer eine Art Mentor für mich. Ohne seine Intuition und seinen guten Rat wäre ich schon oft aufgeschmissen gewesen.

Denn genauso wie ich war er ein Meister darin, sich in Täter hineinzuversetzen.

Ich warf einen letzten Blick in die Runde, bevor ich meine Aufmerksamkeit auf Maya richtete. »Es freut mich, dass wir hier zusammensitzen, und weil ich nicht gern um den heißen Brei herumrede, fangen wir auch direkt an. Maya, woran arbeitest du im Moment?«

»Gerade archiviere ich meine letzten Fälle. Ich habe im Moment keine offenen.«

»Das klingt gut. Wie sieht es bei euch aus?«, wandte ich mich an die anderen.

»Ich schließe heute noch die Kneipenschlägerei von Samstag ab, danach leite ich die Ergebnisse an die Staatsanwaltschaft weiter«, meldete sich Sarah zu Wort.

Bei den anderen sah es ähnlich aus. Alle waren in den letzten Zügen einzelner Fälle, die sie zeitnah abschließen würden. Zwar könnte ich mir all die Informationen auch aus unserer Datenbank ziehen, allerdings war ich noch immer der Auffassung, dass keine Tabelle dieser Welt menschlichen Austausch ersetzen konnte.

Gerade als ich alle zurück an die Arbeit schicken wollte, klingelte das Telefon im Besprechungsraum. Diese Nummer wurde von unserem Empfang eigentlich nur im Notfall angewählt, was nur eines bedeuten konnte …

KAPITEL 3

Judith

Ich schlenderte die Straße entlang und ließ meine Therapiesitzung noch einmal Revue passieren. War ich tatsächlich bereit, Mat loszulassen? Konnte ich ohne meinen Mann leben? Es hatte sich immer alles nur um ihn gedreht. Wir waren füreinander bestimmt gewesen. Sophies Geburt hatte unser Glück perfekt gemacht.

Doch dann war der Unfall geschehen. Er hatte mir Mat genommen, genauso wie mein Bilderbuchleben. Die rosarote Brille, die ich bis dahin getragen hatte, war zerbrochen. Mein Herz ebenso. Jedes Mal, wenn ich versuchte, mich wieder aufzurappeln, kam ein neues Problem. Schon oft hatte ich darüber nachgegrübelt, ob diese Welt mich hasste. Doch Frau Dr. Mayenkamp gab mich nicht auf und half mir immer wieder auf die Beine. Wie auch immer sie es anstellte, sie hielt mich davon ab, mich aufzugeben.

Letztendlich wusste ich, dass sie recht hatte. Ich klammerte mich an Mat und mein altes Leben. Ja, ich fürchtete mich vor der

Zukunft und davor, die Vergangenheit hinter mir zu lassen. Es machte mir Angst. Ich hatte Veränderungen nie gemocht und nun realisierte ich, wie dringend ich sie brauchte. Nicht nur für mich, sondern vor allem für Sophie. Im Moment kämpfte ich für sie, doch meine Tochter würde mich nicht ewig brauchen. Irgendwann würde sie erwachsen werden und mich zurücklassen.

Ich seufzte und ließ meinen Blick schweifen. Mir fiel die Aufgabe ein, die Frau Dr. Mayenkamp mir gegeben hatte. Normalerweise ignorierte ich ihre Aufträge, deren wirklicher Sinn sich mir nicht erschloss. Doch nun, auf dem Weg zu meinem Auto, nutzte ich die Gelegenheit, die Menschen in meiner Umgebung einmal genauer zu betrachten.

An diesem Tag hatte ich Zeit, musste bloß noch einkaufen und das Mittagessen vorbereiten. Dann würde ich Sophie von der Schule abholen. Spontan beschloss ich, mich in dem kleinen Park in der Nähe von Frau Dr. Mayenkamps Praxis auf eine der Bänke zu setzen und mir einen Augenblick für ihre Aufgabe zu nehmen.

Als erstes fiel mir eine junge Frau auf. Sie hatte ihr Handy am Ohr und redete auf das Gerät ein, wobei sie wild mit ihren Händen gestikulierte. Sie blickte auf den Boden, und ihr Gesicht war zornverzerrt. Offenbar war sie wütend auf etwas oder jemanden. Vielleicht war etwas schiefgelaufen. Oder möglicherweise hatte es einen Streit gegeben. Das konnte ich nicht sagen.

Ich ließ meinen Blick weiterschweifen und bemerkte einen jungen Mann, der auf mich zukam. Er wirkte nachdenklich, beinahe verträumt und zugleich unfassbar traurig. Am liebsten wäre ich aufgesprungen und zu ihm gegangen. Gern hätte ich ihn in den Arm genommen und ihm gesagt, dass alles wieder gut werden würde. Dass ich mit ihm fühlte.

Ich schüttelte den Kopf über mich. Was war nur mit mir los? Ich kannte diesen Mann überhaupt nicht. Vielleicht ging es ihm gar nicht schlecht und ich interpretierte etwas in seinen Gesichtsausdruck hinein, das gar nicht dort war. Vielleicht hatte er aber auch einen wichtigen Menschen verloren oder eine Trennung hinter sich. Ich wusste es nicht.

Da wurde mir klar, was Frau Dr. Mayenkamp mit ihrem Auftrag bezwecken wollte. Ich sollte sehen, dass auch andere Menschen mit Konflikten und Trauer konfrontiert waren. Dass ich nicht allein war. Ich war, nicht die Einzige, die mit einem Trauma kämpfte, die einen geliebten Menschen verloren hatte. Lange genug hatte ich mich hängen lassen, und ich wusste, dass ich mich aufraffen und meinen Blick nach vorn richten musste.

Ich würde Matt nicht vergessen, nur langsam anfangen, wieder richtig zu leben.

Mit einem leichten Lächeln stand ich auf, um zu meinem Auto zu gehen. Es wurde Zeit, dass ich zum Einkaufen fuhr und mich um das Essen kümmerte.

Dann jedoch fiel mir ein Mann auf dem Gehweg auf, der mir seltsam bekannt vorkam und den es in der Wirklichkeit gar nicht mehr geben dürfte.

Ein Mann, den ich vor anderthalb Jahren beerdigt hatte. Und doch stand er ganz in meiner Nähe auf dem Bürgersteig mit seinen unzähmbaren, braunen Haaren, die ihm immer wieder ins Gesicht fielen. Die Handbewegung, mit der er sie zurückstrich. Sogar die Figur und Größe passten.

»Mat«, hauchte ich und blieb wie angewurzelt stehen.

In meinen Augen brannten Tränen, und meine Beine drohten, nachzugeben. Er konnte es nicht sein. Nein. Er war tot, hatte mich verlassen. Mich allein zurückgelassen.

Unsere Blicke trafen sich, und er kam besorgt auf mich zu. Als er schließlich direkt vor mir stand und mich mit seinen grauen Iriden musterte, erkannte ich, dass er gar nicht Mat war. Sein Gesicht war viel zu kantig, die Nase viel größer. Auch die Augenfarbe war die falsche.

»Alles okay mit Ihnen?«, fragte er mich und legte vorsichtig eine Hand auf meine Schulter.

Die Frau, die neben ihm stand, blickte mich verständnislos an. Sie war mir vorher gar nicht aufgefallen.

»Ja … Ja, alles in Ordnung«, gab ich abwesend zurück.

Dieser kurze Augenblick hatte meinen neuen Mut und die Erkenntnis, dass es eine Zukunft für mich gab, vollständig zunichtegemacht. Ich hatte Mat loslassen wollen, hatte nach vorn sehen wollen. Doch ich war nicht so stark, wie ich geglaubt hatte.

»Kann ich Ihnen irgendwie helfen? Soll ich jemanden anrufen? Jemanden aus ihrer Familie oder vielleicht einen Arzt?«, unterbrach der Fremde meine Gedanken und holte mich zurück in die Realität.

Ich räusperte mich und schüttelte den Kopf. »Entschuldigen Sie, dass ich Ihnen Sorgen bereitet habe. Mir geht es gut. Danke.«

Zweifelnd sah er mich an. »Sind Sie sicher?«

»Ja, ich bin sicher.« Ich nickte und versuchte zu lächeln, doch an seinem Blick konnte ich erkennen, dass mir dies deutlich misslang.

»Sie möchte deine Hilfe nicht, Schatz. Außerdem müssen wir weiter, du weißt doch, die Wohnungsbesichtigung …«, schaltete sich seine Frau ein.

Irritiert sah ich sie an. »Mir geht es wirklich gut. Danke für Ihre Besorgnis.«

Unschlüssig blickte der Mann zwischen mir und seiner Frau hin und her. Dann nickte er mir zu und entließ mich.

»Schatz! Du kannst nicht allen Menschen helfen, und die Frau ist offensichtlich nicht ganz richtig im Kopf …«

Mehr bekam ich nicht mit, da sich das Paar bereits aus meiner Hörweite entfernt hatte.

Ihre harten Worte taten mir weh. Ich war verwirrt, ja. Aber eine kopflose Irre war ich nicht. Auch ihr Mann interessierte mich eigentlich nicht. Mein Herz schlug noch immer für Mat und nur für ihn. Langsam ging ich weiter in Richtung Parkplatz.

An meinem Auto angekommen, stieg ich ein, schnallte mich an und atmete ein letztes Mal tief durch. Ich musste mich langsam beeilen, wenn ich noch einkaufen und kochen wollte, bevor ich Sophie abholen musste.

KAPITEL 4

Sascha

Ich hob den Hörer ab.

»Baumann?«, sprach ich mit fester Stimme, in die ich jedes Quäntchen Autorität hineinlegte, über das ich verfügte. Immerhin unterbrach der Anrufer unser Teammeeting und durfte ruhig merken, dass er störte.

»Hallo, Sascha«, drang Janettes Stimme durch den Apparat, woraufhin ich angespannt die Fäuste ballte. »Gerade kam ein Anruf. In einem Wohnhaus im Hahnwald wurde eine übel zugerichtete Frauenleiche gefunden. Bachmann meinte, dass ihr hinfahren sollt.«

»Alles klar. Nennst du mir die Adresse?« Ich schrieb sie auf meinen Notizblock, den ich aus Gewohnheit zu jeder Besprechung mitnahm. »Danke, wir sind unterwegs.« Ich legte auf und wandte mich an mein Team. »Wir haben eine Frauenleiche. Packt eure Sachen, unsere Sitzung ist beendet.«

Meine Kollegen nickten, bevor sie sich rasch erhoben. Keine zehn Minuten später hatten wir uns auf zwei Autos aufgeteilt und fuhren schweigend zum Tatort. Einige Polizisten hatten das Haus bereits abgesperrt. Der Hahnwald war eines der gehobeneren, grüneren Stadtviertel im Kölner Süden.

Die Straße, in der wir hielten, war von schönen Einfamilienhäusern mit gepflegten Vorgärten und ausgedehnten Grundstücken gesäumt. Wer hier wohnte, hatte verdammt viel Geld.

Die Polizei, die vor einem Haus aus hellem Backstein mit dunklen Dachschindeln Stellung bezogen hatte, passte nicht in diese idyllische Atmosphäre. Es war der perfekte Ort für einen Mord. Niemand würde in dieser Gegend ein Kapitalverbrechen vermuten, und die Schreie eines Opfers blieben aufgrund der Isoliertheit der Häuser voneinander mit hoher Wahrscheinlichkeit ungehört. Doch es war auch eine Gegend, in der Fremde schnell auffielen. Vielleicht hatten wir Glück und einer der Nachbarn hatte etwas Ungewöhnliches bemerkt.

Vorsichtig betraten wir das Grundstück. An der Eingangstür begrüßte uns einer der diensthabenden Polizisten erleichtert. »Gut, dass ihr da seid.«

Stefan wirkte ein wenig blass um die Nase. Mir schwante Übles, da ich wusste, dass mein Kollege alles andere als zart besaitet war. Er war Ende fünfzig und kurz vor dem Ruhestand.

Stefan geriet nicht so leicht aus der Fassung, dafür hatte er schon zu viel gesehen.

»Alles okay bei dir, Stefan?«, erkundigte ich mich.

Er schüttelte den Kopf. »Das sieht aus wie in einer Metzgerei. Ich bin froh, dass ich da nicht wieder rein muss. Und bevor du fragst: Die Frau liegt oben in ihrem Schlafzimmer.«

»So schlimm?«

Er rollte mit den Augen. »Schau es dir selbst an.«

Mir entwich ein Schnauben. »Wisst ihr schon etwas über die Identität der Frau?«

»Das Opfer heißt Marie Weißdorn. Die Gerichtsmedizin ist auch schon informiert.«

»Danke.« Ich klopfte ihm mitfühlend auf die Schulter, streifte mir Handschuhe über, und trat an ihm vorbei ins Haus. Man Team tat es mir gleich, bevor sie mir folgten.

Stefan hatte meine Neugier geweckt, und ich ahnte, dass uns dieser Fall noch lange beschäftigen würde. Ein wenig fürchtete ich mich vor dem Anblick, der uns erwarten würde. Vor allem, wenn er selbst Stefan aus der Bahn warf.

Ich atmete dreimal tief durch, schloss die Augen und machte mich frei von jeglichen störenden Gedanken. Wenn ich mich in den Täter hineinversetzen wollte, durfte ich mich nicht von anderen Einflüssen ablenken lassen. Dazu gehörte, dass ich mir mein eigenes Bild machte. Ich musste mich auf den Mörder einlassen, fühlen, was er gefühlt hatte. Um den Tatort aus seinen Augen zu sehen, blieb mir nur mein Instinkt.

Erst als ich alles ausgeblendet hatte, öffnete ich die Augen wieder. Ich ließ den ersten Eindruck des Hauses auf mich wirken. Die Einrichtung war nobel und mit einem Auge für kleine Details. Noch wusste ich nicht viel über den Täter, trotzdem fragte ich mich, ob Habgier als Motiv gedient hatte. Vielleicht war es ein Einbruch mit Todesfolge gewesen? Konnte, musste nicht …

Aus einem der Zimmer im Erdgeschoss hörten wir Stimmen und folgten ihnen. Auf einem der dunklen Ledersofas saß ein potenzieller Zeuge. Ihm gegenüber stand ein weiterer Streifenpolizist und versuchte, den schluchzenden Mann zu beruhigen, was ihm nicht gelang.

Ich nickte Julian zu, der sich aus der Gruppe löste, um sich um den Mann zu kümmern. Vermutlich handelte es sich um den Freund oder Ehemann der Toten. Wenn ihn jemand beruhigen konnte, dann war es Julian. Es war wichtig, ihn zum Reden zu bringen. Immerhin war es gut möglich, dass er uns mehr sagen konnte.

Ich ließ meinen Blick durch das Wohnzimmer schweifen. Es war schlicht eingerichtet. Modern und funktional. Wie schon im

Flur fielen mir auch hier die liebevoll arrangierten Kleinigkeiten auf. An den Wänden hingen Leinwände mit Bildern von Van Gogh und Monet. In den Regalen befanden sich einige teuer aussehende Souvenirs, und vor dem Sofa lag ein weißer Flokatiteppich. Ich konnte mir gut vorstellen, dass Marie Weißdorn hier nichtsahnend noch bis spät abends vor dem Fernseher gesessen hatte. Aktuell würde uns hier jedoch nichts weiterhelfen.

Maya, Sarah und Olli hatten sich ebenfalls im Wohnzimmer umgesehen. Nun aber wurde es Zeit, dass wir uns dem eigentlichen Tatort widmeten. Langsam ging ich zur Treppe im Flur. Bevor ich nach oben ging, verharrte ich kurz. Schließlich nahm ich die Stufen einzeln, sog dabei jedes Geräusch in mich auf. Gab es knarzende oder unebene Stellen im Holz? All das gehörte dazu, wenn ich verstehen wollte, was unser Täter erlebt hatte. Hatte er Aufregung verspürt, als er die Treppe hinaufgeschlichen war? Und hatte er gewusst, dass er gleich jemanden töten würde?

Für mich war es, als würde ich nach einem Faden greifen, der mich langsam durch das verworrene Labyrinth dieses Falles führte. Ein bisschen kam ich mir vor wie Theseus, der tragische Held der griechischen Sage. Nur dass ich meinen Minotaurus noch nicht kannte. Wie in einem Rausch folgte ich meiner

Intuition. Ich hörte nichts mehr, Blut pochte in meinen Ohren. Fast so, als würde ich durch einen Tunnel rasen. Ich löste mich auf, versetzte mich vollkommen in die Perspektive eines möglichen Täters hinein.

Oben angekommen, lief ich jedoch vor eine mentale Wand. Ich hatte den Faden verloren, und die Verbindung zum Täter war abgebrochen. Im ersten Stock gab es drei Türen, die ich nach und nach öffnete. Die erste führte zu einem großen Badezimmer mit Eckbadewanne. Auf der Fensterbank standen mehrere Orchideen, am Rand der Badewanne einige ordentlich aufgereihte Flaschen. Ich betrat den Raum, um mir einen groben Überblick zu verschaffen, und dachte darüber nach, ob der Täter vielleicht in diesem Zimmer gewesen war. Sollte dies der Fall gewesen sein, hatte er sich Mühe gegeben, nichts anzurühren.

Die zweite Tür führte in ein Arbeitszimmer. Im hinteren Teil befand sich ein Schreibtisch aus Mahagoni, auf dem ein Bildschirm, eine Lampe und ein Fotorahmen zu sehen waren. Auch hier standen auf der Fensterbank hinter dem Arbeitsplatz mehrere Grünpflanzen. Rechts und links säumten Regale voller Bücher und Aktenordner die Wände. Das Zimmer war aufgeräumt und klar strukturiert. Auch in diesem Raum deutete nichts darauf hin, dass sich der Täter hier lange aufgehalten hatte. Dafür war es viel zu ordentlich.

Vor der dritten Tür blieben wir stehen. Dort musste sich das Schlafzimmer befinden. Der Raum, in dem wir die Leiche von Marie Weißdorn finden würden.

»Seid ihr bereit?«, wandte ich mich an meine Kollegen.

»Was ändert das schon? Wir müssen ja eh dort hinein«, sagte Maya, wobei der Sarkasmus in ihrer Stimme kaum zu überhören war.

»Da hast du wohl recht.«

Ein tiefer Atemzug entwich mir. Die Klinke der Tür ließ sich leicht bewegen. Mit einem zaghaften Quietschen schwang sie auf. Der süßliche, eisenhaltige Geruch von Blut überschwemmte unsere Sinne. Ich schluckte schwer. Vor unseren Augen erstreckte sich ein Schlachtfeld.

Die Frau lag blutüberströmt in der Mitte des Bettes. Unzählige Stichwunden zogen sich über ihren Körper. Ihre langen, blonden Haare schimmerten rötlich und breiteten sich wie Engelsflügel unter ihr aus. Die Hände waren ineinander gefaltet. Beinahe sah es aus, als würde sie beten. Das Grausamste allerdings war das Loch in ihrer Brust, an der Stelle, wo ihr Herz hätte sein sollen. Der Täter hatte es ihr entfernt. Als ich näher hinsah, fiel mir auf, dass darin stattdessen etwas steckte, das dort nicht hingehörte.

»Was ist hier nur geschehen?«, hauchte Sarah, die hinter mir stand.

Damit hatte sie ausgesprochen, was wir uns wohl insgeheim alle fragten. Die Antwort darauf würden wir nun finden müssen. Ich ging auf die Leiche zu, suchte nach meinem unsichtbaren Faden, um die Fährte des Mörders erneut aufzunehmen. Wie er sich wohl während der Tat gefühlt hatte? Ich trat ans Bett und schloss die Augen, versetzte mich wieder ganz in seine Perspektive. Fühlte eine pulsierende Mischung aus abgrundtiefem Hass und Machtgefühl.

Langsam öffnete ich meine Lider und blickte noch einmal auf das Opfer hinab. Jetzt erkannte ich, was unser Täter uns hinterlassen hatte. Es handelte sich um ein gefaltetes Stück Papier in einer Plastikfolie.

»Was denkst du?«, fragte mich Olli.

Langsam wandte ich mich von unserem Opfer ab und sah meinen Kollegen an. »Ich weiß es nicht.«

Er trat neben mich. »Geht mir genauso. Es ist komisch.«

»Das ist es definitiv. Es könnte sich um einen Racheakt oder einen Ritualmord handeln, aber um das näher einzugrenzen, brauchen wir mehr Anhaltspunkte. Vor allem brauchen wir die Gerichtsmedizin, ansonsten würden wir hier nur spekulieren. Um die klassische Ermittlungsarbeit werden wir also kaum herumkommen.« Ich wandte mich den beiden Frauen zu. »Sarah? Ich gebe den Ball nun zu dir. Du darfst dich hier austoben. Forensik ist dein Spezialgebiet.«

Sarah nickte und kam mit einem Lächeln auf mich zu. »Der Täter muss dort gestanden haben, wo ihr jetzt steht.« Sie deutete auf die Wand neben dem Bett, auf der ein wirres Muster aus Blutspritzern ein Gemälde ergab. »Jedes Mal, wenn das Messer herausgezogen wurde, ist Blut hierhin gespritzt.« Sie betrachtete aufmerksam die Frau vor uns, die mir seltsam bekannt vorkam. Jedoch konnte ich nicht sagen, woher. »Sie muss entweder an den Stichverletzungen gestorben sein oder aufgrund des Blutverlusts. Ich möchte sie aber nicht bewegen, damit der Gerichtsmediziner sie so sieht, wie unser Täter sie hinterlassen hat. Das Herz wurde postmortal herausgeschnitten. Ich mache kurz ein Foto, dann können wir uns um den Zettel kümmern.«

Sie griff nach der Tasche mit der Ausrüstung, die über ihrer Schulter hing, und öffnete sie. Mit ihrer Kamera fotografierte sie das Bett, das Opfer und jedes noch so kleine Detail. Neben allem, was für den Fall eine Bedeutung haben könnte, stellte sie kleine Schildchen, um die Beweise zu nummerieren – wie es ihr Job als Forensikerin war. Anschließend ließ sie den Fotoapparat sinken und nickte mir zu.

Zuerst atmete ich tief durch, dann griff nach dem Stück Papier. Mit Vorsicht zog ich es heraus. Normalerweise war ich abgehärtet, doch heute geriet ich definitiv an meine Grenzen. Ich biss die Zähne fest zusammen und unterdrückte ein Würgen.

Wenn ein Leben auf so bestialische Art und Weise ausgelöscht wurde, war das schrecklich. Ja, es war mein Job, und ich war gut darin. Trotzdem mochte ich den Tod nicht besonders.

Richtig schlimm war es jedoch erst, wenn ich gezwungen war, Nachrichten aus der zerstochenen Brust des Opfers zu ziehen. Aber immerhin gab der Täter uns damit etwas Greifbares, das uns möglicherweise dabei helfen konnte, ihm auf die Spur zu kommen.

Sobald ich das Papier in der Hand hielt, atmete ich erneut tief durch. Hoffentlich lösten wir diesen Fall schnell, bevor wir am Ende noch mehr Tatorte dieser Art auffinden würden.

Warum ich eine Mordserie nicht ausschloss, sondern im Gegenteil für durchaus wahrscheinlich hielt, wusste ich nicht. Es war einfach ein Gefühl, vielleicht auch Erfahrung. Wenn Gliedmaßen oder Organe, wie in diesem Fall das Herz, mitgenommen wurden, hatte das meist eine tiefere Bedeutung. Insgeheim vermutete ich, dass der Täter nach diesem ersten Mord mehr wollen könnte.

Ein paar der Leute, die wir geschnappt hatten, behaupteten, dass ihnen das Töten einen Kick versetzt hätte. Sie wären wie Drogenabhängige gewesen mit dem unbändigen Verlangen nach mehr Stoff. Etwas sagte mir, dass auch unser Mörder zu dieser Gruppe gehörte. Vielleicht ging ich aber auch einfach gern vom Schlimmsten aus, um auf alles gefasst zu sein.

Ich warf einen Blick in die Runde. Als ich die blutverschmierte Folie löste und den Zettel – den der Täter wahrscheinlich vorher verpackt hatte, weil er frei von Blut war – schließlich auseinanderfaltete, stutzte ich. Ein Kinderbild. Die naive Zeichnung eines Herzens, vermutlich mit Wachsmalstiften angefertigt. Vollkommen irritiert wandte ich mich an Sarah, die bereits mit einer Plastiktüte vor mir stand. Vorsichtig ließ ich das Papier hineingleiten, woraufhin sie die Tüte sofort luftdicht verschloss.

Wir stellten uns im Kreis auf und betrachteten die Zeichnung durch die sterile Schutzschicht. Ich horchte in mich hinein, ob ich dieses Mal den Faden greifen konnte. Es gelang mir nicht.

»Hat unser Täter etwa sein Kind mit an den Tatort gebracht?«, fragte Sarah entsetzt und holte mich zurück in die Wirklichkeit.

Ich schüttelte den Kopf. »Nein, das glaube ich nicht. Das wäre ein zu großes Risiko. Ein Kind ist laut und schwer zu kontrollieren. Wenn man jemanden im Schlaf ermorden möchte, sollte es keine Geräusche geben. In meiner Vorstellung hat sich der Mörder wie ein Gespenst verhalten: Er kam herein, verrichtete sein Werk und floh dann wieder. Die Zeichnung hingegen sieht aus, als stamme sie von einem kleinen Kind, und das hätte den Mörder nur behindert.«

»Aber er hat entweder mit Kindern zu tun oder selbst eines. So wie das Bild aussieht, zeichnet kein Erwachsener. Es wirkt dafür viel zu unkoordiniert und passt nicht zu jemandem, der sich die Mühe macht, sein Opfer wie einen Engel aufzubahren«, warf Oliver ein.

Ich nickte. So weit war ich auch schon gekommen, doch bis jetzt ließen sich die einzelnen Teile noch nicht richtig zusammensetzen. »Oder ist es Absicht, dass die Zeichnung so aussieht?«

Verwundert blickte mein Kollege mich an. »Wie meinst du das?«

»Na ja, warum die Zeichnung eines Kindes? Vielleicht will der Täter von sich ablenken und uns in die Irre führen? Ich weiß es selbst nicht so genau. Eventuell sollten wir noch ein wenig abwarten, uns ein vollständiges Bild machen, bevor wir uns im Kreis drehen …«

Meine Kollegen nickten. Für den Moment blieb uns wohl oder übel nichts anderes übrig. Wir konnten davon ausgehen, dass unser Täter wütend und hasserfüllt gewesen war. Ein Blutbad wie dieses konnte nur jemand angerichtet haben, der sich völlig im Rausch seiner Emotionen befunden hatte.

Doch um mehr sagen zu können, brauchten wir erst einmal Fakten. Zunächst würden wir die Ergebnisse der Obduktion und Spurensicherung abwarten. Jeder Täter hinterließ etwas von sich am Ort des Verbrechens – wie winzig es auch sein mochte. Jetzt galt es, die einzelnen Schichten nach und nach abzutragen. So lange, bis die Wahrheit darunter frei lag. Es würde Zeit kosten. Zeit, die wir vielleicht gar nicht hatten.

Obwohl ich wusste, dass ich mich jetzt noch nicht an einer Kleinigkeit festbeißen durfte, ließ mich das Kinderbild nicht los. Ich verstand nicht, warum der Täter ausgerechnet so etwas hinterlassen hatte. Die Zeichnung ergab für mich einfach keinen Sinn. Es war zum Haare raufen. Mit einem Seufzen sah ich mich noch einmal in dem Raum um, doch ich entdeckte keine neuen Details mehr.

Wir hatten nichts.

Mein Blick blieb letztlich an dem schönen Gesicht der Frau hängen, und ich fragte mich erneut, warum sie mir so bekannt vorkam. Dann endlich fiel der Groschen. Der Verkehrsunfall, das

Dossier, das versehentlich auf meinem Schreibtisch gelandet war. Das Opfer hieß Marie Weißdorn. Ich wusste nicht, ob es Schicksal oder Glück war, dass Janette heute Morgen in der Eile nach der falschen Akte gegriffen hatte. So oder so, mir war klar, dass ich mir diesen Fall doch noch genauer anschauen würde.

»Leute, ich glaube, ich habe eine Idee, auf was die ganze Geschichte hinauslaufen könnte.« Verwundert blickten meine Kollegen mich an. »Janette hatte mir heute Morgen eine Akte in die Hand gedrückt, die eigentlich ins Archiv sollte. Es ging um einen Autounfall vor anderthalb Jahren. Der Mann, der den Wagen gefahren hat, ist gestorben. Zufälligerweise war unser Opfer die Beifahrerin.«

»Und du meinst, dass unser Täter Herr Weißdorn ist, der nicht damit klarkam, dass seine Frau eine Affäre mit einem anderen Mann hatte«, schlussfolgerte Oliver.

Ich nickte. »Genau das meine ich. Das ganze Bild sprüht nur vor Wut, und es könnte passen.«

»Ich weiß nicht. Warum erst jetzt? Der Unfall ist über ein Jahr her. Hätte er nicht früher reagieren müssen? Und hatte sie mit dem Mann überhaupt eine Affäre? Ich finde, das sind Spekulationen.«

Nachdenklich zuckte ich mit den Schultern. »Ich weiß nicht, ist einfach so ein Gefühl. Aber dafür brauchen wir Beweise, was ich euch nicht zu erklären brauche. Sarah, ruf dir ein Team für die weitere Spurensicherung zusammen und überprüfe hier alles genau. Stell das ganze Haus auf den Kopf. Hauptsache, du findest etwas.

Maya, du wirst die Technik des Gebäudes überprüfen. Gibt es Kameras? Kannst du irgendwie nachvollziehen, wann sie ins Bett gegangen ist und was sie vorher gemacht hat? Ich möchte alles wissen, um mir einen genauen Eindruck zu verschaffen.

Olli, du hörst dich in der Nachbarschaft um. Hier möchte ich vor allem wissen, wie das Ehepaar zueinanderstand. Neigt Herr Weißdorn zu Wutanfällen? Weiß jemand etwas von Frau Weißdorns Affären? Ich werde zurückfahren und die Akte von dem Unfall noch einmal überprüfen. Vielleicht bringen uns die Informationen dort weiter.« Mein Team nickte und machte sich an die Arbeit.

Als ich das Haus verlassen wollte, kam Martin Bauer zur Tür herein. »Hallo, Sascha. Wenn ich dich sehe, bedeutet das meistens nichts Gutes.«

Ich lachte trocken auf. Es war bewundernswert, dass Martin bei all den Toten, die er täglich sah, nie seinen Humor verloren hatte. Er war unser Gerichtsmediziner und manchmal ein ziemlich komischer Kauz. Aber wer wollte es ihm verübeln – der

Alltag in der Pathologie konnte einsam sein, ähnlich wie die Suche nach dem Mörder.

»Damit hast du wohl recht. Das oben ist wirklich nicht schön anzusehen. Mein Team ist in der Nähe, falls du Fragen hast. Ansonsten sehen wir uns später.«

Er winkte ab. »Alles klar, Superspürnase. Viel Spaß bei der Jagd.«

Halbherzig lachend verabschiedeten wir uns. Ein letztes Mal schweiften meine Gedanken zu Marie Weißdorn. Wie es wohl war, wenn einem klar wurde, dass man sterben würde?

Ich schwor mir, den Menschen, der ihr das angetan hatte, zu finden. Ganz gleich, was ich dafür auf mich nehmen musste.

Zurück auf dem Revier lächelte mich Janette freundlich an, doch ich ignorierte sie. Einen kurzen Augenblick hatte ich überlegt, mich für die verwechselte Akte zu bedanken, hatte mich letztlich aber dagegen entschieden. Zumal ich nicht einmal wusste, ob meine Vermutung überhaupt stimmte.

Meine Intuition sagte mir jedoch, dass die Sache nicht so einfach war, wie sie vielleicht aussehen mochte. In meinem Beruf hatte ich schnell gelernt, dass das Offensichtliche nicht immer zutreffen musste. Aber dafür gab es die Obduktion und die Forensik. Sarah und Martin waren ein eingespieltes Team und würden hervorragende Arbeit leisten, da war ich mir sicher.

Ich fuhr mit dem Aufzug nach oben und holte mir einen Kaffee, bevor ich zu meinem Schreibtisch ging. Zwar wusste ich, dass ich meinen Schlafmangel nicht dauerhaft mit Koffein bekämpfen sollte, doch was blieb mir anderes übrig?

Ich holte eine der Zigaretten und ein Feuerzeug aus meiner Schublade. Dann zündete ich den Glimmstängel an und lehnte mich für einen Moment in meinem Bürostuhl zurück.

Noch immer sah ich die entstellte Leiche vor mir. Konnte Herr Weißdorn wirklich der Täter sein? Der kurze Blick, den ich auf ihn hatte werfen können, hatte mir gezeigt, dass er seine Frau wirklich geliebt haben musste. Wäre er zu einem Mord fähig? War er ein Mensch, der sich von Emotionen wie Eifersucht oder Rache so weit treiben ließ?

Langsam ließen mich Nikotin und Koffein klarer denken, und ich fühlte mich ruhiger. Neben der Brutalität der Tat verwirrte mich die betende Position des Opfers. Dazu die langen Haare, die wie Engelsflügel unter ihr ausgebreitet gewesen waren. War unser Täter religiös? Warum hatte er sie ausgerechnet so drapiert?

Ich hatte so viele Fragen, doch auf keine eine Antwort. Noch nicht. Ich musste in diesem Fall schrittweise vorgehen und die Mauer vor mir nach und nach zum Einsturz bringen. Wir hatten noch keine Ergebnisse der Spurensuche, und auch die Obduktion würde noch eine Weile dauern. Die weiteren Ermittlungen liefen ebenfalls. Vielleicht würde es heute Abend in unserer Lagebesprechung erste Ergebnisse geben. Ich musste abwarten und mich in Geduld üben. Um nicht untätig herumzusitzen, griff ich nach der Unfall-Akte und begann, zu lesen.

Den Kollegen war nichts Besonderes aufgefallen – keine Fremdeinwirkung oder sonst etwas. Es hatte an diesem Tag in Strömen geregnet, als Matthias Braun von der Arbeit nach Hause gefahren war. Er hatte seine Angestellte mitgenommen, weil ihr Auto kaputt und ihr Mann beruflich unterwegs gewesen war. Auf der Landstraße war das Fahrzeug ins Schlingern geraten und gegen einen Baum gefahren. Matthias war dabei regelrecht zerquetscht worden und noch am Unfallort gestorben. Die Mitfahrerin hatte einige Prellungen erlitten und war nur leicht verletzt worden. Sie hatte wahnsinniges Glück gehabt.

Für mich schrie alles nach einer Affäre, doch ich hatte dafür keinen Beweis. Ich würde ja sagen, dass es mir egal sein konnte, doch das wäre ein Indiz, weswegen unser Täter so wütend gehandelt hatte. Vielleicht war Frau Weißdorn chronisch untreu gewesen?

Aber wirklich weiter brachte mich die Akte auch nicht. Deswegen griff ich nach dem letzten Strohhalm und suchte mir die Kontaktdaten von Frau Braun heraus. Vielleicht konnte die Witwe mir etwas über Frau Weißdorn erzählen. Ich wusste nicht, ob es etwas Licht ins Dunkle bringen würde, aber ich musste dem nachgehen. Irgendetwas trieb mich dazu.

Ich nahm mir vor, mich nicht anzukündigen, auch wenn es vielleicht unfreundlich wirkte. Aber so hätte sie nicht die Zeit, sich die Antworten zurechtzulegen. Ich wollte ihre ersten Gedanken, die mich am meisten weiterbrachten. Keine zurechtgelegten, die vielleicht nicht ehrlich waren, nur weil Frau Braun ihren Ehemann nicht in Schwierigkeiten bringen wollte.

Ich notierte mir die Adresse, fuhr aber nicht direkt los. Vorher machte ich mir Notizen. Ich schrieb meine ersten Ideen sowie Eindrücke vom Tatort und dem, was wir dort gesehen hatten, auf. All das würde mir später helfen, alles zu kombinieren und nichts zu vergessen.

Dann nahm ich mein Notizbuch, steckte es in meine Tasche und griff nach der Akte. Ich ging zum Besprechungsraum, zog das Whiteboard hinter einem Vorhang hervor und heftete die Akte sowie meine ersten Gedanken schon einmal daran.

Mein Team wusste, dass ich all meine Erkenntnisse mit ihnen teilte. Das Gleiche forderte ich auch von ihnen. Sie kannten das Vorgehen und würden ihre Ergebnisse ebenfalls dort anheften. Es war wichtig, dass wir uns erst einmal einen Überblick verschafften, damit sich vielleicht erste Unklarheiten beseitigen ließen.

Hiermit war die Jagd auf den Täter eröffnet. Ich freute mich auf die Herausforderung. Doch wir waren noch weit davon entfernt, den Täter aufzuspüren. Jetzt musste ich erst einmal zu Frau Braun fahren. Vielleicht würde sie mich dem Mörder ein Stück näherbringen.

KAPITEL 5

Judith

Als ich zu Hause ankam, streifte ich meine Klamotten ab und stieg unter die Dusche, in der Hoffnung, die Erinnerungen abwaschen zu können. Doch es gelang mir nicht. In meinen Augen brannten erneut Tränen, die über meine Wangen liefen, bevor sie fortgespült wurden.

Erst als alles wie Feuer brannte, stellte ich das viel zu heiße Wasser ab, griff nach meinem Handtuch und trocknete mich vorsichtig ab. Ich sah aus wie ein Krebs, doch das leichte Brennen beruhigte mich allmählich. Instinktiv griff ich nach der Après-Lotion und cremte mich damit ein, um meine Haut zu beruhigen. Erst dann zog ich mich wieder an.

Als ich erfrischt die Küche betrat, bemerkte ich bei einem Blick auf die Uhr, dass ich mich schon längst hätte auf den Weg machen müssen, um Sophie abzuholen. Ich hatte es nicht einmal geschafft, einzukaufen.

Hastig zog ich meine Schuhe an, griff nach meiner Tasche und dem Schlüssel, ehe ich das Haus verließ. Eigentlich würde ich die kurze Entfernung zu Sophies Schule zu Fuß gehen, aber weil ich meine Kleine nicht länger als nötig warten lassen wollte, entschied ich mich für das Auto. Außerdem konnte ich dann mit Sophie einkaufen fahren.

Als ich die Tür abschloss, fühlte ich mich unwohl, als würde mich jemand beobachten. Ich sah mich um, doch ich konnte nichts Auffälliges entdecken. Mit einer Gänsehaut, die sich über meinem ganzen Körper ausbreitete, ging ich zu meinem Auto und atmete erst erleichtert auf, als ich darin saß und die Türen verriegelt hatte. Ich stützte meinen Kopf auf dem Lenkrad ab und atmete tief durch.

Wurde ich paranoid? Ich wusste nicht einmal, wer mich beobachten sollte. Warum auch? Ich war nur eine hilflose Witwe, der das Leben sowieso egal war. Hoffentlich brach keiner in unser Haus ein, während ich Sophie abholte. Das wäre das Schlimmste, was uns jetzt noch passieren könnte. Wir beide waren eh schon instabil, und ich wüsste nicht, wie ich Sophie dann wieder beruhigen sollte. Ich überlegte, die Polizei zu rufen, entschied mich jedoch dagegen. Sie hätten mir nur Fragen gestellt und mich zu Hause behalten, dabei war ich sowieso schon viel zu spät dran.

Deswegen richtete ich mich auf, startete den Motor – wenn auch mit einem unruhigen Gefühl – und fuhr los zu meiner

Tochter, die sicherlich schon auf mich wartete. Als ich zehn Minuten zu spät bei der Schule ankam, stand meine kleine Maus bereits am Tor gelehnt mit einem kleinen Blatt in der Hand und hatte den Kopf gesenkt. Der geknickte Anblick brach mir das Herz.

»Liebling, es tut mir leid«, sagte ich zu ihr und kniete mich neben sie, sodass wir auf Augenhöhe waren.

Als sie mich erblickte, fingen ihre Augen an, zu strahlen, und der traurige Ausdruck verschwand augenblicklich. »Mami!« Sofort fiel sie mir um den Hals.

»Ich habe die Zeit vergessen, Liebling.«

Aufmerksam musterte sie mich, was gar nicht zu ihrem Alter passte. »Ich dachte, dass du mich nicht mehr haben möchtest.«

»Sophie, wie kommst du ständig darauf, dass ich dich verlassen möchte? Du bist mein Ein und Alles.« Ich drückte sie noch einmal fest an mich, bevor ich sie losließ.

Eindringlich musterte ich sie, doch Sophie zuckte nur mit den Schultern, als würde sie mir ihre Sorgen nicht erzählen wollen. Dabei sollte sie in ihrem Alter keine solche Ängste haben. Ihr Leben sollte unbeschwert und sie wunschlos glücklich sein. War ich eine schlechte Mutter?

Ich griff nach Sophies Hand und führte meine Tochter in Richtung Auto.

»Wie war die Schule?«, fragte ich sie schließlich, um die Stimmung aufzulockern.

Sie zuckte erneut mit den Schultern. »Toll.«

Ich blieb stehen und nahm sie auf meinen Arm. »Was ist passiert, mein kleiner Engel?«

»Nichts. Ich dachte einfach nur, dass du mich nicht mehr lieb hast«, gab sie leise zu.

Ich küsste sie auf die Wange. »Wie könnte ich dich nicht mehr lieb haben? Ich werde dich immer lieben, Liebling.«

»Wirklich?«

»Wirklich.«

Da endlich strahlte sie wieder. »Ich habe dir ein Bild gemalt.«

Ich ließ Sophie wieder herunter und war sehr gespannt darauf, was sie gemalt hatte. Kaum hatte sie wieder den Boden unter den Füßen, drehte sie das Blatt in ihrer Hand um und zeigte mir eine Zeichnung, auf der ein Haus mit Garten und drei Menschen zu sehen waren. Sie grinste stolz. »Das sind Papa, du und ich.«

Ich lächelte meine Tochter an und hoffte, dass sie nicht bemerkte, wie sehr mich das Bild berührte und wie sehr ich erneut mit mir kämpfen musste. Auch für Sophie war es nicht leicht, dass Mat weg war.

Ich betrachtete es genauer, um jedes kleine Detail mit meinem Blick aufzusaugen, und wunderte mich über das Gesicht, das durch das Dachfenster schaute. Ich konnte es mir nicht erklären, schließlich war unser Dachboden nur eine Rumpelkammer. Dort wohnte niemand. Es gab nichts, dass das Gesicht erklären konnte. Trotzdem hinterließ das Bild kein gutes Gefühl in mir.

»Wer ist denn das da oben?«, fragte ich und deutete auf die Person im Fenster.

Sophie strahlte. »Das bist auch du, die auf uns aufpasst.«

Ihre Worte ließen mich einen Moment stutzen, doch ich tat das als kindlichen Gedanken von Sophie ab. Wie gut, dass es uns alle nur einmal gab.

Ich nahm das Bild an mich und würde es an den Kühlschrank zu den anderen hängen. Sophie liebte es, zu zeichnen, und vielleicht würde sie ja irgendwann eine begabte Künstlerin werden. Ich würde mich auf jeden Fall für sie freuen.

Als sie nach meiner Hand griff, schreckte ich aus meinem Tagtraum auf und schenkte ihr ein Lächeln. Was immer Sophie aus ihrem Leben machen wollte, ich würde sie dabei unterstützen. Gemeinsam gingen wir weiter zu unserem Auto.

»Auf was hast du Hunger, Liebling?«, fragte ich, obwohl ich die Antwort längst kannte.

»Pizza!«, rief sie begeistert.

Genau die Antwort hatte ich erwartet. Nachdem sich Sophie heute so merkwürdig verhalten hatte, wollte ich ihr etwas Gutes tun. Obwohl ich gern Pizza aß, achtete ich in der Regel darauf, dass wir uns ausgewogen ernährten. Aber es war ihr Lieblingsgericht und heute war ein Tag, ihr diesen Wunsch zu erfüllen. Außerdem hatte ich es nicht geschafft, einzukaufen, und es würde uns wertvolle Zeit sparen.

Sobald ich das Auto geparkt hatte, überkam mich wieder das seltsame Gefühl von vorhin. Meine Nackenhaare stellten sich auf, doch ich entdeckte niemanden, als ich mich umsah. Selbst zum Dachfenster blickte ich hoch, doch auch dort konnte ich nichts erkennen. Ich griff nach Sophies Hand und zerrte sie fast schon nach drinnen.

Erst als die Haustür hinter uns geschlossen war, konnte ich wieder normal atmen. Verdammt! Was war nur los mit mir? Da war keiner, doch warum hatte ich das Gefühl, beobachtet zu werden?

Ich schüttelte den Kopf und schickte Sophie, die mich verwundert beobachtete, in den Garten, damit sie ein wenig toben konnte, während wir auf unser Essen warteten. Kurz überlegte ich, ob es eine gute Idee war, sie wieder nach draußen zu schicken, doch ich verwarf den Gedanken. Ich konnte uns nicht dauerhaft einsperren, nur weil ich ein komisches Gefühl hatte. Jetzt kam neben meiner Psychose auch noch Paranoia dazu. Na wunderbar …

Ich seufzte, griff nach dem Telefon und bestellte beim Lieferservice unser Essen, bevor ich das Gerät zurück in die Ladestation stellte. Dann suchte ich das Geld zusammen, wobei meine Gedanken immer wieder zu dem heutigen Ereignis abdrifteten. Dass ich mich so komisch fühlte, lag bestimmt an der Verwechslung mit diesem Mann heute Vormittag. Wahrscheinlich glaubte ich als Nächstes, dass mich Mats Geist heimsuchte. Ich schüttelte den Kopf über mich. Jedenfalls gab es etwas, das sich lohnen könnte, meiner Psychologin zu erzählen.

Als es klingelte, ging ich zur Tür und öffnete sie, stutzte jedoch, weil nicht der erwartete Pizzabote vor mir stand, sondern der Vater, den ich heute Morgen beinahe umgerannt hatte.

»S–Sie? Was wollen Sie hier? Stalken Sie mich?«, stotterte ich, woraufhin er den Kopf schüttelt und meinen Blick irritiert erwiderte.

Erst jetzt, wo ich ihn aufmerksam musterte, realisierte ich, wie groß er wirklich war. Heute früh hatte ich ihn in meiner Scham nicht sehen wollen. Er trug eine bequeme, dunkle Jeans und ein dunkelblaues Poloshirt, das sich perfekt an seinen schlanken Körper anpasste und diesen betonte. Die geöffneten Knöpfe des Oberteils gaben ihm etwas Legeres, aber auch Verwegenes. Seine warmen, braunen Augen musterten mich, als würden sie direkt in meine Seele blicken, und bescherten mir eine wohlige Gänsehaut. Er hatte ein schmales, kantiges Gesicht und kurzes, blondes Haar.

Nachdem sich mein Schock gelegt hatte, erlaubte ich mir, ihn freundlich anzulächeln, auch wenn ich mir jeden weiteren Gedanken an seinen Körper verbot. Es war noch viel zu früh, mich auf einen anderen Mann einzulassen, und ich wollte es auch noch nicht. Ich atmete tief durch und beendete meine Musterung.

Er räusperte sich. »Guten Tag. Das ist ja mal eine nette Begrüßung, nachdem Sie mich heute Morgen fast umgerannt haben.«

Ich sog die Luft ein. »Sind Sie gekommen, um mir Vorwürfe zu machen? Ich hatte mich doch schon entschuldigt.«

Sein Blick wurde sanfter, er legte sogar ein schiefes Grinsen auf. »Entschuldigen Sie bitte, ich wollte nicht unhöflich sein. Sie sind Frau Braun, richtig?« Ich nickte auf seine Frage hin, dann fuhr er fort. »Mein Name ist Sascha Baumann vom Morddezernat.«

Bei seinen Worten rutschte mir das Herz in die Hose. Morddezernat? Was wollte er von mir? Hatte es etwas mit Mats Tod zu tun? War er etwa doch ermordet worden? Wie ein Film liefen die Szenen von damals erneut vor meinem inneren Auge ab. Ich hatte Mat doch schon verloren. Durfte ich nicht endlich mit alldem abschließen?

»Dürfte ich reinkommen?«, fragte er und unterbrach damit meine wüsten Gedanken.

Ich blieb in der Tür stehen, unschlüssig, was ich machen sollte. Zu sehr war ich in meinen Erinnerungen gefangen, als dass ich reagieren konnte. Mein Körper reagierte nicht mehr, meine Atmung beschleunigte sich und ich hatte das Gefühl, keine Luft mehr zu bekommen. Ich trat zur Seite und ließ ihn herein. Erneut musterten mich seine braunen Augen.

War das Sorge in ihnen?

Der Gedanke, dass ich nicht allein war und sich noch jemand für mich interessierte, beruhigte mich. Als ich gleichzeitig noch seine Hand auf meiner Schulter spürte, schaffte ich es, wieder klar zu sehen. Ich hatte mir geschworen, dass Mats Tod mich nicht mehr in die Knie zwingen und ich stark bleiben würde. Dieses Mantra gab mir Kraft.

»Sind Sie in Ordnung?«, fragte er sanft und trat einen Schritt auf mich zu.

Ich lächelte und bemerkte, dass es nicht einmal aufgesetzt war. Gleichzeitig wurde ich mir seiner Hand auf meiner Schulter bewusst. Ich trat einen Schritt zurück, sodass er mich loslassen musste. »Ja, mir geht es gut. Kommen Sie doch erst einmal herein.«

Ich führte ihn den Flur entlang ins Wohnzimmer. Ganz automatisch nahm er auf dem Sofa Platz. »Darf ich Ihnen etwas zu trinken anbieten?«

Er schüttelte den Kopf. Ich setzte mich in den Sessel ihm gegenüber und musterte ihn. Als sich unsere Blicke trafen, bereute ich es fast, ihn überhaupt anzusehen. Was war nur los mit mir?

Er räusperte sich. »Entschuldigen Sie bitte, dass ich hier so hereinplatze. Ich bin mit einem Anliegen hergekommen, einen aktuellen Fall betreffend. Kennen Sie eine gewisse Marie Weißdorn?« Aufmerksam, fast lauernd musterte er mich.

Seine Entschuldigung nahm ich ihm ab, aber dieser Name versetzte mir einen Stich, und ich presste meine Lippen fest aufeinander. Ich wollte sie nicht kennen, also schüttelte ich den Kopf. Vielleicht ließ er mich dann damit in Ruhe.

»Sind Sie sich da sicher?«, bohrte er nach und griff in seine Tasche, um mir ein Bild der Frau vorzulegen.

Ich wiederholte mein Kopfschütteln und presste meinen Mund noch fester zusammen. Tränen brannten in meinen Augen. Selbst nach der langen Zeit tat mir Mats Verrat unglaublich weh. Ich hatte immer geglaubt, dass er mich liebte, doch er hatte mich nur benutzt. Viel schlimmer war jedoch, dass ich ihn niemals hatte darauf ansprechen können. Ich wusste nicht, wieso er das getan hatte und warum ich ihm nicht genügt hatte. Viel zu häufig hatte ich mir diese Fragen gestellt und wusste, dass ich niemals die Antworten darauf finden würde. Wie sollte man so mit der Sache abschließen?

»Frau Braun?«, riss mich die Stimme des Polizisten aus meinen Gedanken.

Traurig sah ich ihn an, verzog mein Gesicht zu einer Grimasse und deutete auf das Bild. »Packen Sie das bitte weg. Ich ertrage diesen Anblick nicht.«

Sofort bereute ich meine Worte. Ich wusste nicht, wieso ich das gesagt hatte, und wollte nicht verdächtig wirken, weil ich wirklich nichts getan hatte.

»Also kennen Sie sie tatsächlich.«

Ich atmete tief durch, bevor ich langsam nickte. »Kennen würde ich es nicht nennen. Sie hat für meinen Mann gearbeitet und war bei ihm, als er starb.«

Mit dem Handrücken wischte ich mir eine Träne aus dem Gesicht. Ich hatte mir doch geschworen, stark zu sein und nur in meinem Bett die Schwäche zuzulassen. Meine Rückenmuskeln verspannten sich.

»Wir haben die Leiche von Frau Weißdorn heute Morgen gefunden.« Bei seinen Worten entgleisten mir alle Gesichtszüge, genauso wie das Lächeln, das ich mir gerade aufgezwungen hatte.

»Wie furchtbar«, hauchte ich entsetzt.

Mitfühlend sah Herr Baumann mich an. »Können Sie mir etwas über sie erzählen?«

Ich schüttelte noch immer schockiert den Kopf. »Nicht viel. Ich kannte sie ja nicht wirklich.«

»Und doch haben Sie sie gehasst?«, fragte er mich.

Ertappt senkte ich den Blick. Scham ließ meine Wangen brennen. »Können Sie es mir verübeln? An dem Tag, als mein Mann starb, saß sie in seinem Auto. Wenn er sie nicht nach Hause gefahren hätte, wäre er nicht gestorben. Es war ihre Schuld, dass mein Leben auseinandergerissen wurde. Sie hat sich danach nicht einmal bei mir gemeldet und gefragt, wie es mir geht. Was meinen Sie, wie ich mich gefühlt habe? Man hat mir nicht nur meine Liebe genommen, sondern auch die Illusion, dass mein Leben perfekt war. Es fühlte sich an, als hätte man mir meinen Stolz geraubt.«

Er nickte wissend. »Ich kann es mir vorstellen.«

»Können Sie das? Er hat mich mit ihr betrogen«, spie ich ihm verächtlich entgegen. »Der Mann, den ich abgöttisch geliebt habe, hat mich nach Strich und Faden verarscht. Wenn Sie wissen wollen, ob ich ihr das Schlimmste gewünscht habe, dann lautet die Antwort Ja.« Ich geißelte mich innerlich dafür, dass ich das laut gesagt hatte. Was musste er jetzt nur von mir denken? Ich hatte ihm gerade das perfekte Motiv geliefert. Genauso musterte er mich auch.

»Ich … Ich habe nichts getan, auch wenn das so klingt. Wirklich.« Meine Stimme klang flehend und machte die Situation wohl eher schlimmer als besser.

In dem Moment klingelte es an der Tür.

»Einen Moment bitte, das ist der Pizzabote«, sagte ich schnell und stürmte aus dem Wohnzimmer zur Tür, um das Essen entgegenzunehmen – glücklich darüber, der verzwickten Situation zu entkommen.

Sobald der Lieferjunge wieder weg war und ich die Tür geschlossen hatte, lehnte ich mich gegen das Holz und atmete dreimal tief durch, um mich zu beruhigen. Ich musste aufhören, Blödsinn zu erzählen. Schließlich hatte ich nichts getan. Ich schüttelte den Kopf über mich und machte mich auf den Weg zurück ins Wohnzimmer, jedoch nicht, ohne meinen Rücken durchzustrecken und mein Lächeln aufzusetzen, das ich mir antrainiert hatte.

Sobald ich den Raum betrat, richtete sich der Blick des Polizisten auf mich, und er beobachtete jede meiner Bewegungen. Fast schon intensiv musterten mich seine braunen Augen und sandten eine wohlige Gänsehaut über meinen Körper, die kribbelnd in meinem Magen endete. Plötzlich fiel es mir nicht mehr schwer, zu lächeln, und beinahe erreichte es meine Augen.

Als ich am Sofa ankam, bemerkte ich eine Bewegung am Rande meines Blickfeldes, und der Bann brach. Das Knistern zwischen uns erlosch und hinterließ eine Leere. Mein Blick glitt ertappt zum Türrahmen, in dem Sophie stand, die zwischen dem Polizisten und mir hin und her sah.

Er räusperte sich und erhob sich. »Ich werde dann mal gehen. Danke für Ihre Hilfe.« Als er neben mir stehen blieb, griff er in seine Brusttasche und zog eine kleine Karte heraus, die er mir reichte. »Sollte Ihnen noch etwas einfallen, rufen Sie mich bitte an.«

Ich nahm das kleine Stück Papier und nickte. Dann brachte ich ihn zur Tür. »Ich habe wirklich nichts getan.«

»Das glaube ich Ihnen.« Er lächelte sanft, bevor er mir zum Abschied die Hand reichte.

Erleichtert atmete ich auf, nachdem er mein Haus verlassen hatte. Ich wusste nicht genau, ob es an der Tatsache lag, dass er mir glaubte oder dass er endlich weg war. Der Polizist brachte mich viel mehr aus dem Gleichgewicht, als ich wollte, was ich nicht verstand. Ich überlegte, ob ich die Karte nicht entsorgen sollte, legte sie aber auf die Kommode im Flur, bevor ich erneut mein Lächeln aufsetzte und zurück ins Wohnzimmer ging, wo Sophie verängstigt im Türrahmen stand.

»Komm her, Liebling. Die Pizza wird kalt«, bat ich sie sanft.

Vorsichtig kam sie auf mich zu. »Du musst mich jetzt aber nicht verlassen, oder?«

Ich seufzte und schüttelte den Kopf. »Sophie, warum denkst du ständig, dass ich dich verlassen würde? Das wird niemals vorkommen.«

Sie zuckte mit den Schultern. »Ich … Ich habe es geträumt. Papa hat uns ja auch verlassen, nachdem ich es geträumt habe.«

Verwundert sah ich meine Tochter an, kniete mich vor sie und nahm sie in den Arm. »Liebling, das wird nicht vorkommen. Du bedeutest mir alles, und ich würde dich nie im Stich lassen.«

Sie sah mich mit großen Augen an. »Versprochen?« Ich lächelte ihr sanft zu. »Versprochen.«

Fast erstaunte es mich, wie ruhig ich nach außen wirken konnte, obwohl ich innerlich vollkommen aufgewühlt war. Doch als sich die Gesichtszüge meiner Tochter aufhellten, fühlte ich mich erleichtert und irgendwie auch beruhigter. Ich wusste nicht, was sich Sophie einbildete, doch es war irrational. Warum sollte ich meine Tochter verlassen? Sie war das Einzige, das mir noch geblieben war.

Sophie griff nach meiner Hand, und zusammen gingen wir zum Sofa, wo die Pizzakartons auf dem Couchtisch lagen, und machten es uns gemütlich. Wir ließen den Nachmittag in Ruhe ausklingen. Es fühlte sich fast wie früher an, auch wenn wir wussten, dass sich Mat nie wieder unserer gemütlichen Runde würde anschließen können.

Selbst Sophie wirkte heute unbeschwerter als sonst und plauderte fröhlich über ihren Tag und wie sehr ihr die Schule Spaß machte. Sie erzählte mir von ihren Freundinnen und was sie alles angestellt hatten. Normalerweise hörte ich ihr immer aufmerksam zu, doch ihr seltsames Verhalten beschäftigte mich sehr, genauso wie der Polizist. Ich war aufgewühlt und wusste nicht, was ich von alldem halten sollte.

Dass sie damals von Mats Tod geträumt hatte, hatte ich nicht gewusst. Vor allem aber schürte ihre Angst, dass ich ebenfalls gehen würde, auch meine. Glaubte Herr Baumann mir wirklich?

Sofort beschlich mich ein ungutes Gefühl, das sich nicht abschütteln ließ. So gern ich den ganzen Tag einfach als Kinderfantasie ablegen wollte, es klappte nicht. Was war heute nur mit mir los? Sonst hatte ich mich doch besser unter Kontrolle trotz meiner ganzen Probleme. Also was hatte mich so aus dem Konzept gebracht? Ich wusste es nicht. Aber eine Antwort darauf würde ich heute nicht mehr finden. Deswegen versuchte ich, meinen Kopf größtenteils auszuschalten und mich auf Sophie zu konzentrieren.

Als es langsam dämmerte, brachte ich Sophie ins Bett und machte es mir anschließend mit einem Buch auf dem Sofa bequem, mit dem ich den Rest des Abends entspannen wollte. Erst als ich meine Augen kaum noch offenhalten konnte, ging ich nach oben und machte mich bettfertig. Glücklicherweise schlief ich sofort ein und genoss das Gefühl der endlosen Schwärze der Traumwelt.

KAPITEL 6

Sascha

Nachdem Frau Braun die Tür hinter mir geschlossen hatte, atmete ich erst einmal tief durch. Warum brachte diese Frau mich so sehr aus dem Konzept? Seitdem sich Kathi vor vier Jahren von mir getrennt hatte, hielt ich mich von Frauen fern. Lediglich kurze Affären, die ich sofort beendete, wenn die Partnerinnen zu anhänglich wurden, ließ ich zu. Bei meinem Job gab es einfach keinen Platz für eine Beziehung.

Doch ich spürte, dass sie anders war als meine bisherigen Affären. Frau Braun war keine, die man sich für kurze Zeit nahm, nur um seinen Spaß mit ihr zu haben. Sie wirkte so unglaublich zerbrechlich, sodass sie meinen Beschützerinstinkt weckte. Allein der Moment, bevor ihre Tochter den Raum betreten hatte, hatte mir eine wohlige Gänsehaut bereitet. Noch immer konnte ich das Knistern spüren.

Aber so sehr das Schicksal auch gewollt hatte, dass wir uns trafen, wehrten wir uns beide dagegen, was mir sehr gelegen kam. Ich wollte keine Bindung. Mein Leben war perfekt so, wie es war. Ich genoss meine Freiheiten und die Ruhe, wenn ich abends nach Hause kam. Auf niemanden musste ich Rücksicht nehmen. Das war der Vorteil, wenn man keine Beziehung führte.

Die komischen Gedanken kamen vermutlich daher, dass es mal wieder Zeit wurde, sich mit jemandem zu vergnügen – ganz zwanglos –, und ich wusste auch schon, wen ich später anrufen würde. Doch jetzt musste ich auf die Wache zurück. Mein Team musste mit seinen ersten Ermittlungen durch sein, und es wurde Zeit, die etwaigen Ergebnisse zu besprechen. Vielleicht würden wir dem Täter heute schon ein Stückchen näherkommen?

Ich stieg in mein Auto und startete den Motor, bevor mich der für Köln typische Verkehr in Beschlag nahm. Während ich mich durch die Straßen kämpfte, drifteten meine Gedanken immer wieder zu Frau Braun. Was faszinierte mich so sehr an ihr? Sie gab sich stark, doch ich konnte ihr ansehen, dass das alles nur Fassade war. Es tat mir so unglaublich leid, dass sie sich in ihrer Trauer verlor.

Genau deswegen glaubte ich ihr, dass sie nichts mit dem Mord zu tun hatte, auch wenn sie ein geeignetes Motiv besaß. Sie hasste die Frau, die sehr wahrscheinlich eine Affäre mit ihrem verstorbenen Mann gehabt hatte. Noch immer konnte man sehen, wie sehr Frau Braun an ihm hing. Sie musste ihn wirklich abgöttisch geliebt haben.

Als mir jemand von rechts den Weg abschnitt, fand ich in die Realität zurück. Ich trat auf die Bremse und hupte.

»Du dreckiger Mistkerl! Du hast ja wohl den Knall noch nicht gehört«, brüllte ich und schlug auf mein Lenkrad ein.

Am liebsten hätte ich mein magnetisches Blaulicht ausgepackt und demjenigen gewaltig die Leviten gelesen. Aber das würde nur wieder Papierkram und Ärger bedeuten. Deswegen atmete ich tief durch, zeigte dem Idioten den Mittelfinger und beließ es dabei.

Meine Gedanken kehrten zu Frau Braun und ihrer Bedeutung für den Fall zurück, die mir bisher verborgen blieb. Das Einzige, was ich mit Sicherheit sagen konnte, war, dass mein Instinkt nicht anschlug, und auf den konnte ich mich eigentlich immer verlassen. Gleichzeitig stand vor mir eine riesige, unüberwindbare Mauer, die unsere Arbeit gewaltig behinderte.

Ich parkte mein Auto ohne weitere Zwischenfälle in der Tiefgarage des Präsidiums und nahm die Stufen zum Foyer. Dort angekommen, schweifte mein Blick zum Empfang, an dem Janette glücklicherweise nicht saß. Schnell eilte ich vorbei

Richtung Aufzug, um weg zu sein, bevor sie wieder auftauchte und mich aufhielt.

Als sich die Türen leise schlossen, schüttelte ich den Kopf über meine Gedanken. Ich hatte einen Mordfall aufzuklären und keine Zeit, mich mit der Frauenwelt und diesem ganzen Klatsch auseinanderzusetzen. Dinge, die ich eh nie verstehen würde. Mir waren das einfach zu kompliziert, sodass mir nicht einmal meine Gabe, mich in Menschen hineinzuversetzen, etwas nutzte.

Mit einem lauten *Pling* glitten die Türen wieder auseinander und entließen mich nach draußen. Meine Vorahnung wurde bestätigt, als ich hitzige Stimmen aus dem Besprechungsraum vernahm. Mein Team hatte die Ermittlungen abgeschlossen und tüftelte nun über den Fall – etwas anderes hätte ich nicht von ihnen erwartet.

»Da bist du ja«, sagte Olli erleichtert, als ich eintrat.

»Wir dachten schon, dass du dich vielleicht verlaufen hast«, scherzte Maya.

Ich schnaubte belustigt und ging zur Tafel. Sie hatte sich ein wenig gefüllt.

In der oberen Ecke hing ein Bild von Frau Weißdorn, das aussah wie ein Passfoto, und unter dem ihr Name stand. Daneben hingen die Fotografien vom Tatort. Sie zeigten Frau Weißdorn, das Haus, die einzelnen Zimmer und den Tatort selbst. Jedes noch so kleine Detail hatte Sarah aufgenommen, ausgedruckt und sortiert. Darunter hingen die Aussagen der Nachbarn und die vom Ehemann.

Ich drehte mich zu meinem Team um. »Was habt ihr herausgefunden?«

»Es gab keine Kameras und keine Alarmanlage. Der Fernseher wurde gegen elf Uhr ausgeschaltet. Tut mir leid, mehr konnte ich leider nicht herausfinden.« Maya zuckte entschuldigend mit den Schultern.

»Das habe ich mir schon gedacht. Wäre ja auch zu schön gewesen.« Ich nickte ihr zu, wandte mich dann an Julian und sah ihn auffordernd an.

»Der Ehemann war total geschockt. Er sagte, dass er gestern Abend mit seinen Kumpels einen Trinken war. Scheinbar tut er das jeden Sonntag. Weil alle einen über den Durst getrunken hatten, kam er erst am nächsten Morgen zurück und fand seine Frau so vor. Demnach hat er ein Alibi und ist nicht unser Täter. Ich habe ihn gefragt, ob es jemanden gab, mit dem seine Frau nicht auskam, doch das verneinte er. Laut Herrn Weißdorn war sie ein Engel. Meiner Meinung nach klingt das alles zu glatt.«

Ich überlegte einen kurzen Moment. »Schade. Ich hatte gehofft, dass sich der Fall einfacher lösen lassen und der eifersüchtige Ehemann der Täter sein würde. Schließlich hatte sie eine Affäre mit ihrem Chef und demnach hätte alles zu gut gepasst.«

»Aber das wissen wir doch noch nicht mit Sicherheit«, warf Olli ein.

»Falsch. Die Ehefrau des verstorbenen Mannes hat mir meine Vermutung vorhin bestätigt.«

»Die Weißdorn und der tote Mann hatten also wirklich eine Affäre«, schloss Olli überrascht.

Ich nickte und grinste. »Frau Braun wollte erst nicht mit der Sprache rausrücken, aber dann hat sie es doch zugegeben.«

»Aber damit hat sie ebenfalls ein Motiv, Chef«, sagte Maya, doch ich schüttelte den Kopf.

»Das habe ich natürlich auch sofort in Betracht gezogen, aber das ist zu offensichtlich. Sie ist noch immer so sehr von ihrer Trauer besessen, dass sie wahrscheinlich nicht einmal auf so eine Idee gekommen wäre. Nein, sie wäre zu so etwas nicht fähig.«

»Ich finde sie schon sehr verdächtig«, mischte sich nun Sarah ein.

Ich nickte. »Das kann ich verstehen, aber diese Spur führt uns nicht weiter. Wenn du sie gesehen hättest, würdest du mir glauben. Ich habe es in ihren Augen gelesen. Außerdem hat mein Instinkt nicht angeschlagen.« Sarah musterte mich skeptisch, sagte aber nichts mehr. Sie vertraute meinem Urteil blind, und dafür war ich ihr dankbar. Deswegen wandte ich mich dem nächsten Kollegen zu. »Wie sieht es bei dir aus, Olli? Hast du etwas herausgefunden?«

Dieser schüttelte den Kopf. »Die Nachbarn haben nichts bemerkt, wie ich es bereits vermutet hatte. Das Haus ist viel zu weit entfernt vom nächsten Haus, als dass diese etwas gehört haben könnten, wenn es Streit gegeben hätte. Viel mehr waren sie entsetzt und konnten nicht verstehen, wie man dieser wundervollen Nachbarin so etwas antun konnte.« Er wedelte theatralisch mit den Händen. »Die meisten haben die Familie geliebt, auch wenn viele Ehefrauen eifersüchtig auf Frau Weißdorn waren, die unglaublich charmant gewesen sein soll. Ich glaube nicht, dass die Nachbarschaft uns großartig weiterhelfen kann.«

Frustriert presste ich die Lippen aufeinander. Eine Herausforderung fand ich toll, aber einen Fall, bei dem wir von Anfang an keine Spur hatten, machte keinen Spaß.

Ich richtete mich an Sarah, die direkt den Kopf schüttelte. »Sorry, Sascha, aber auch ich muss dich enttäuschen. Wir haben alles auf den Kopf gestellt und nicht einmal ein einzelnes Haar gefunden. Es gab keine Fingerabdrücke oder sonst etwas. Nicht einmal Einbruchsspuren.«

»Das könnte bedeuten, dass sie unseren Täter vielleicht gekannt und ins Haus gelassen hat.«

Sarah nickte. »Könnte sie oder aber unser Mörder hat ein Händchen fürs Schlösserknacken.«

Ich verzog mein Gesicht zu einer Grimasse. »Oder er hatte einen Schlüssel. Um das Ganze noch einmal zusammenzufassen: Der Täter kam unbemerkt in das Haus der Weißdorns. Er scheint sehr wütend auf unser Opfer gewesen zu sein. Was wir nun aus mehreren Perspektiven erkennen konnten, war, dass sie es anscheinend mit der Treue nicht so ernst genommen hat. Unsere heißeste Spur ist also der Ehemann, der jedoch ein Alibi hat. Maya, du nimmst dir das Handy von Frau Weißdorn vor. Vielleicht finden wir so heraus, mit wem sie sich getroffen hat. Ihr anderen macht eure Berichte fertig. Danach müssen wir das Alibi unseres einzigen Verdächtigen auseinandernehmen.«

Leises Rascheln und anschließendes Stühlerücken zeigten, dass die Sitzung nun beendet war. Gemeinsam verließen wir den Besprechungsraum und gingen in unsere Büros. Ich öffnete die Vorlagendatei für das Protokoll des heutigen Tages und begann, alles zu notieren, auch wenn es nicht viel war.

Dieser Fall schien verzwickt, obwohl der Mord erst heute Morgen geschehen war. Aber bis jetzt hatte sich jeder Fall irgendwann aufgeklärt, denn das perfekte Verbrechen gab es nicht.

Als ich bei dem Gespräch mit Frau Braun ankam, ließ ich meine Gedanken für einen Moment schweifen. Warum faszinierte diese Frau mich so sehr? Schon seit ich sie heute Morgen vor der Schule gesehen hatte, wollte ich mehr über sie erfahren. Ich kannte sie kaum, doch mit ihrer unbeholfenen, traurigen Art weckte sie mein Bedürfnis, sie vor allem Bösen dieser Welt zu beschützen. Dazu kam, dass sie unglaublich attraktiv war, auch wenn ich normalerweise nicht auf blonde Frauen stand. Aber Frau Braun erweckte meinen Kampfgeist, wie es vorher nur Kathi geschafft hatte, und das machte mir Angst. Es machte mich verwundbar und schwach. Ich sollte ihr aus dem Weg gehen und sie aus meinem Kopf streichen, doch aufgrund des aktuellen Falles würde mir das nicht möglich sein.

Mit einem Seufzen verbat ich mir jeden weiteren Gedanken an sie. Sie würde mein Untergang sein. Ich tippte mein Protokoll zu Ende und beschloss, eine alte Bekannte aufzusuchen, von der ich wusste, dass sie mir genau das geben würde, was ich gerade brauchte. Es wurde Zeit, sich abzulenken, um einen klaren Kopf zu behalten. Ansonsten würde ich den Mörder niemals finden. Vor allem aber war ich mir ziemlich sicher, dass ich etwas übersah. Doch was es war, wollte sich mir nicht offenbaren.

Ich musste hier raus, frische Luft schnappen. Deswegen fuhr ich den Rechner herunter und verließ mein Büro. Am Aufzug angekommen, hielt ich inne. Sex war gut, doch waren meine Kollegen und ich schon lange nicht mehr gemeinsam weg gewesen. Vielleicht war ein gemeinsamer Abend viel hilfreicher, auch in Hinblick auf unseren aktuellen Fall.

Ich ging zu Mayas Büro, in dem auch Sarah saß. Die beiden schienen etwas zu besprechen. »Hey, Mädels. Lust, was trinken zu gehen?«

Die beiden wechselten kurz einen Blick, dann nickten sie.

»Waren schon lange nicht mehr weg«, meinte Sarah.

»Ja, das stimmt. Lasst uns die anderen holen. Heute Abend kommen wir mit unserem Fall eh nicht mehr weiter. Wir warten eh noch auf die Ergebnisse der Autopsie und die Berichte sind geschrieben«, schloss sich Maya an.

Auch Olli und Julian waren mit dabei, und gemeinsam verließen wir das Büro.

KAPITEL 7

Sascha

Wir entschieden uns für die Kneipe um die Ecke, in der uns die kubanische Kellnerin Jen freundlich begrüßte. »Ah, Policía! Ich euch lange nicht gesehen.«

»Jen! Da hast du recht. Deswegen sind wir jetzt auch hier«, begrüßte Maya die Kellnerin und umarmte sie.

Jen führte uns zu unserem Stammtisch. »Das Übliche?«

»Ich hätte zum Bier gern einen Jägi.«

Meine Kollegen musterten mich verwundert.

»Chef, was ist heute mit dir los?«, fragte Maya.

»Mir ist heute danach.«

Julian zog die Augenbrauen zusammen, was er nur tat, wenn er jemandem nicht glaubte. »Du verhältst dich schon den ganzen Tag so komisch.«

»Es deprimiert mich, dass wir nicht so vorwärtsgekommen sind, wie ich es gern hätte.«

»Aber sich dann einen Jägermeister gönnen? Das hilft auch nicht beim Denken«, mischte sich Olli ein.

»Seid ihr meine Eltern? Ich bin alt genug und kann trinken, was ich möchte.«

Olli zuckte mit den Schultern. »Wir meinen es nur gut.«

Ja, sie sorgten sich um mich, und das gab mir ein gutes Gefühl. Ich wusste, dass ich mich auf mein Team verlassen konnte, und es freute mich ungemein. Deswegen waren mir die gemeinsamen Abende in unserer Stammkneipe sehr wichtig.

»Was macht die Frau?«, lenkte ich ab.

Er rollte mit den Augen, verstand den Wink aber. »Elena geht es gut. Die üblichen Wehwehchen, aber man kann sich nicht beklagen.«

Elena war eine herzensgute Frau. Sie kam erstaunlich gut damit zurecht, dass Olli so viele Überstunden schob – wahrscheinlich, weil es ihr in ihrem Job nicht anders ging. Sie arbeitete als Krankenschwester und hatte ebenfalls täglich mit Leid und Schmerz zu tun.

»Das klingt doch gut. Solange es nichts Schlimmes ist.«

Olli zuckte mit den Schultern. »Du weißt ja, sie ist nicht mehr die Jüngste, und die schwere Arbeit tut ihrem Rücken nicht gut. Wenn es so weitergeht, bricht sie irgendwann zusammen. Doch sie möchte nicht hören. Sie liebt ihren Job dafür viel zu sehr.«

»Elena ist ein toller Mensch«, sagte Maya mit einem strahlenden Lächeln, und wir stimmten ihr alle zu.

»Wie geht es Kathi und Jonas?«, fragte nun Julian.

Ich seufzte. »Den beiden geht es gut. Ich bin nicht allzu oft bei ihnen, weil Kathi mich jedes Mal mit ihren Blicken durchbohrt, da ich so unverantwortlich sei und mich nicht um meinen Sohn kümmere. Dabei sorge ich mit meiner Arbeit doch dafür, dass Jonas sicher aufwachsen kann. Ich liebe das Kind abgöttisch, doch für Kathi ist es nicht genug.«

Jen brachte uns unsere Getränke. Ich kippte meinen Jägermeister herunter und bestellte einen weiteren.

»Wir wissen, dass du es gut meinst, Sascha«, sagte Sarah, und ich spürte, dass sie eigentlich noch mehr sagen wollte, ihre Gedanken jedoch für sich behielt.

Es fehlte noch, dass mein Team auf Kathis Seite war. Ich tat alles, damit es meinem Sohn gut ging. Deswegen wechselte ich das Thema. »Ist ja auch egal, wird sich schon wieder einrenken. Wie geht's Timo und Lisa?«

»Gut. Lisa hat gestern ihre ersten Worte gesprochen.« Sarahs Augen strahlten Freude und Stolz aus.

»Oh, das ist ja klasse! Was hat sie gesagt?«, rief Maya aus.

»Sie hat Ball gesagt. Ich hatte ja auf Mama gehofft. Selbst Papa hätte mir gefallen, aber gut. Immerhin hat sie etwas gesagt, also will ich nicht wählerisch sein«, lachte sie.

»Ball ist doch gar nicht so schlecht«, sagte Julian.

»Das stimmt. Aber warum war mir klar, dass dir das Wort von uns allen am besten gefällt?« Auch Mayas Augen leuchteten nun, während sie Julian neckte.

Der sah Maya gespielt beleidigt an. »Hast du ein Problem damit?«

Die Gruppe lachte, bevor sich Maya erneut zu Wort meldete. »Natürlich nicht, ach du großer Fußballgott.«

»Wie läuft es eigentlich mit deiner Karriere?«, fragte ich, nachdem sich das Gelächter gelegt hatte.

Er zuckte mit den Schultern. »Der Zug ist abgefahren, als ich mich als naives, dummes Kind für mein Team anstatt für die Profiliga entschieden habe. Aber meine Mannschaft ist okay. Sie sind ein toller Haufen, und ich bereue meine Entscheidung nur ein klein wenig.«

Wir genossen den restlichen Abend und redeten über die Familien und die Freizeit. Es wurde viel gelacht, und die Zeit verflog unfassbar schnell. Die Arbeit ignorierten wir geflissentlich, denn der Abend war dem Team gewidmet. Als wir uns trennten, fühlte ich mich stark und benebelt vom Alkohol.

Ich wollte nicht nach Hause, wo mich nichts als Leere erwartete. Das Gefühl der Einsamkeit war dort am stärksten und zeigte mir, was ich alles verloren hatte. Es führte mir vor Augen, was ich in meinem Leben alles falsch gemacht hatte und was für ein Narr ich gewesen war, als ich mich für die Arbeit und gegen meine Familie entschieden hatte.

Deswegen ging ich zu Kathi und Jonas, die um die Ecke wohnten. Vielleicht konnte ich meine gescheiterte Ehe doch noch retten. Ich klingelte, und als der Türöffner summte, trat ich fröhlich ein.

Drinnen begrüßte mich jedoch eine wütende Kathi. Sie stand in einem bodenlangen, weißen Kleid vor mir, und ihre langen, braunen Haare fielen ihr ungezügelt über die Schultern. »Was willst du hier, Sascha?« Ihre Stimme klang hart wie Stahl.

»Ich wollte dich sehen«, brachte ich hervor.

»Bist du betrunken?«

Ich zuckte mit den Schultern. »Vielleicht ein wenig?«

Sie rollte mit den Augen. »Was willst du hier?«

Ich trat auf sie zu, schlang meine Arme um sie und zog sie nah an mich heran. »Du fehlst mir. Ich möchte retten, was noch zu retten ist, mein Schatz.«

Sie schubste mich unsanft von sich. »Hör auf mit dem Schwachsinn, Sascha.«

»Aber du fehlst mir wirklich.«

Sie seufzte. »Sascha, wir leben seit Jahren getrennt. Du kannst nicht jedes Mal, wenn du betrunken bist, bei mir auftauchen und mich einlullen. Ich kann und will das nicht. Du weißt, dass es mit uns beiden nicht funktioniert. Geh nach Hause.«

»Nur noch diese eine Chance«, bettelte ich.

»Geh nach Hause«, wiederholte sie, bevor sie mir die Tür vor der Nase zuschlug.

Ich ging auf die Tür zu und wollte dagegen hämmern, damit sie wieder öffnete und mir noch eine Chance gab, doch ich wollte Jonas nicht aufwecken. Es fühlte sich falsch an, dass sie mich aus ihrem Leben ausschloss, schließlich waren wir einmal eine Familie gewesen. Im selben Moment, in dem ich mich nach Kathi sehnte, blitzte das Bild einer anderen Frau auf. Judith Braun. Ich hatte sie gekonnt verdrängt, und doch schlich sie sich wieder in meine Gedanken. Warum konnte sie mich nicht in Ruhe lassen? Ich wollte keine Frauen in meinem Leben außer unbedeutenden Liebschaften. Und Kathi.

Ich ließ mich auf den Stufen nieder und bettete meinen Kopf auf meine angezogenen Knie. Mein ganzes Leben schien sich wie ein Scherbenhaufen vor mir aufzutürmen, den nur die Arbeit zusammenhielt. Ich stürzte mich in zahlreiche Affären, nur um Kathi und die Leere, die sie hinterlassen hatte, zu füllen. Jedes Mal stieß sie mich erneut von sich, und es tat immer wieder weh. Dazu kam noch, dass Frau Braun mich verwirrte und aus meinem Schneckenhaus lockte.

Es war zum Haareraufen, und meine Hoffnung, Ablenkung durch den Teamabend zu bekommen, zerbarst. Doch ich wusste, dass ich auf andere Gedanken kommen musste, wenn ich den Fall aufklären, Frau Braun vergessen und über Kathi hinwegkommen wollte. Ich wusste genau, wer mir dabei helfen konnte. Zu Fuß machte ich mich auf den Weg, schließlich konnte ich in meinem Zustand kein Auto fahren.

Als ich nach einer gefühlten Ewigkeit bei Maite ankam, empfing sie mich mit einem süffisanten Lächeln und bat mich freudig herein. Ich kannte sie schon sehr lange. Wir hatten früher probiert, unsere Affäre auszuweiten und so etwas wie eine Beziehung zu führen, doch dafür waren wir zu unterschiedlich. Wir verstanden uns trotzdem sehr gut und hatten uns darauf geeinigt, dass es bei uns nie mehr als Gelegenheitssex werden würde. Damit konnten wir beide sehr gut leben.

Deswegen ließ ich in ihrem Flur meine Jacke und Tasche einfach fallen und zog sie sofort in eine innige Umarmung. Sie lachte leise, doch ich stoppte es, indem ich ihren Mund mit meinem verschloss. Fest presste ich meine Lippen auf die ihren und drängte sie langsam in Richtung Schlafzimmer. Fordernd schlang sie ihre Arme um meinen Hals, während sie den Kuss erwiderte und intensivierte. Sobald wir bei ihrem Bett ankamen, war es um mich geschehen und meine Instinkte übernahmen.

KAPITEL 8

Ghost

Ich packte meine Tasche und lauschte, ob alles still war. Verzückt vor lauter Vorfreude trat ich auf die Straße, schloss leise die Tür hinter mir und ging zu meinem wunderschönen, dunklen Auto. Ich umrundete es und öffnete den Kofferraum, in den ich vorsichtig meine Tasche legte. Nachdem ich ihn wieder geschlossen und in den Wagen gestiegen war, konnte ich das fette Grinsen nicht mehr unterdrücken.

Das Gefühl gestern war unbeschreiblich gewesen, und ich freute mich darauf, es heute erneut zu spüren, auch wenn diese Gedanken falsch waren. Ich tat das alles für einen guten Zweck, und doch machte es mir unglaublich viel Spaß. Gestern hatte es mich regelrecht in Ekstase versetzt. Das Geräusch, als das Messer durch das Fleisch gedrungen war, und das Gefühl, als mich das Blut getroffen hatte, war umwerfend gewesen und hatte mich mehr befriedigt als jeder Orgasmus, den ich zuvor erlebt hatte. Vor allem der Kick, als die blöde Schlampe mich beinahe erwischt hatte. Einfach klasse.

Ich biss mir auf die Unterlippe, um mich zu zügeln. Der Fokus musste bei der Mission bleiben. Trotzdem nahm ich mir vor, alles noch weiter auszureizen und mit der nächsten Hure mehr zu spielen. O ja! Das würde ein Spaß werden.

Eilig schnallte ich mich an, startete das Auto und fuhr los. Während der kurzen Fahrt ging ich in Gedanken durch, was ich über sie wusste. Die Ziege lebte allein, weil ihr Mann es nicht mit ihr ausgehalten hatte. Deswegen hatte sie meinem Schatz schöne Augen gemacht. Dafür würde sie nun bezahlen! Er gehörte mir.

Mir.

Alleine!

Heiße Wut durchfuhr mich. Ich wollte sie schreien und um ihr Leben flehen hören, doch darauf musste ich heute verzichten. Auch auf das Spielen an sich, aber mir würde garantiert etwas einfallen. Sie lebte leider in einer kleinen Wohnung, wo andere uns hören könnten. Und ich war ein Geist, deswegen durfte mich niemand sehen und hören. Ich wollte nicht, dass jemand Fragen stellte, weil es sowieso keiner verstehen würde.

Das Auto parkte ich vor der Kirche in der Nähe des Mehrfamilienhauses. Meine Wut wich der Erwartung, und das Grinsen kam zurück. Trotzdem mahnte ich mich, Ruhe zu bewahren, damit alles glatt lief. Niemand durfte das Unterfangen gefährden. Alles musste perfekt laufen.

Ich blieb noch kurz in meinem Wagen sitzen und blickte mich vorsichtig um. Es sollte mich ja schließlich keiner bemerken.

Nirgendwo brannte Licht.

Alles war still.

Perfekt. Ich kicherte, bevor ich ausstieg und zum Kofferraum ging, um meine Tasche zu holen. Während ich zu dem Mehrfamilienhaus lief, ließ ich meinen Blick zum Himmel wandern und beobachtete die Sterne. Ein einzelner leuchtete heller als die anderen. Das war unser Stern, und noch immer leuchtete er für uns. Von ihm schöpfte ich Kraft.

Bald.

Ganz bald würde ich ihn endlich wieder in die Arme schließen können.

Wie beim letzten Mal knackte ich die Schlösser ohne Probleme und betrat ohne Geräusche die Wohnung der Schlampe.

Ich blieb einen Moment im Eingang stehen, bis sich meine Augen langsam an die Dunkelheit gewöhnten. Das Innere der Wohnung war mir unbekannt, überall konnten Stolperfallen liegen. Sie sollte nicht aufwachen. Als ich die Konturen der Wohnung erkennen konnte, war der Weg nur ein Spiel durch die dunklen Räume. Wie ein Geist stand ich vor ihrem Bett und betrachtete sie beim Schlafen. Wie friedlich und lieb sie aussah.

Als wäre sie ein Engel.

Doch ich sah hinter ihre Fassade. Ich wusste, was für ein Miststück sie war. In meiner Wut griff ich in meine Tasche und zog einen Lappen und billige Handschellen mit Plüschbezug daraus hervor. Ihren Mund öffnete ich mit Gewalt und stopfte ihn ihr mit dem Stück Stoff. Natürlich wachte sie dabei auf, doch sie war noch zu benommen, um auf mich zu reagieren.

Wie automatisiert machte ich mich daran, ihren rechten Arm nach oben zu zerren. Ich schlang die Handschellen um ihr Gelenk und fesselte sie an das Gestell ihres Bettes. Die feinen Ornamente erfüllten ihren Zweck. Die Panik, die sie lähmte, war klar und deutlich in den Augen der falschen Schlange sehen. Ich grinste, verlor aber keine Zeit und band schnell den linken Arm und auch ihre Beine fest. Dann bückte ich mich, um mein Messer und ein kleines Nachtlicht in Geisterform aus der Tasche zu holen, und schob diese dann mit dem Fuß unter das Bett, damit sie nicht schmutzig wurde.

In dem Moment erwachte ihr Überlebensinstinkt, angetrieben von Panik. Ich konnte sie verstehen, denn durch mein schneeweißes Kleid, die helle Haut und das blaue Leuchten des Nachtlichtes musste ich wahrlich wie ein Gespenst aussehen.

Ich lachte. Ja, ich war ihr schlimmster Albtraum.

Die Angst, die durch ihre Adern pulsierte, lähmte sie, als sie realisierte, dass sie sich nicht bewegen konnte, und ließ mich grinsen. Dieser Moment der Erkenntnis fühlte sich unglaublich an. Sie versuchte, zu schreien, doch durch den Lappen kam nur ein ersticktes Geräusch heraus. Sie wimmerte.

Tränen schimmerten in ihren Augen, als sie endlich erkannte, wie aussichtslos ihre Situation war. Pure Lust erfüllte mich.

»Selbst schuld, kleine Schlampe. Du hast mir sehr weh getan. Hast mir einfach meinen Mann genommen.«

Sie wimmerte erneut, doch in ihren Augen konnte ich keinerlei Verständnis aufblitzen sehen. Sofort wuchs meine Wut. Sie wusste nicht, was sie getan hatte. Wie konnte sie es nur wagen, mich so sehr zu verhöhnen?

Sie brauchte eine Abreibung!

Ich hob das Messer über meinen Kopf und ließ es auf ihren Körper niedersausen. Dabei traf ich ihren Unterleib und zerstörte den Teil, den sie mit meinem Schatz geteilt hatte. Erstickt schrie sie auf, und Tränen liefen über ihr Gesicht. Sie zerrte an ihren Fesseln, doch das half ihr nicht. Ein tiefer Seufzer entrann mir. Meine Wut wich einem berauschenden Gefühl.

»Weißt du, du hast dich mit dem falschen Mann vergnügt, Hure! Er war mein Mann. Meine große Liebe, und du hast sie zerstört. Deswegen werde ich dir nach und nach nehmen, was du ihm geschenkt hast.«

Panisch schüttelte sie den Kopf. Sie versuchte, etwas durch den Lappen zu sagen, doch verstehen konnte und wollte ich es nicht.

»Pscht, pscht. Mach es nicht noch schlimmer. Du weißt, dass du das verdient hast.«

Erneut wimmerte sie, doch das würde ihr nicht helfen.

Sie wollte sich aufrichten, aber ich drückte sie zurück in die Kissen. »Ärgere mich nicht, kleines Miststück.« Meine Stimme klang zuckersüß.

Als sie bemerkte, dass sie ihre Beine bewegen konnte, grinste ich. Genau das wollte ich von ihr. In dem Moment, als sie sich das nächste Mal aufbäumte, stach ich wieder zu und erschauderte, als das Messer durch ihre Haut schnitt. Mit jedem weiteren Treffer verlor ich mich mehr und mehr in dem berauschenden Gefühl, das mich stark machte.

Es belebte mich.

Erst als sie sich nicht mehr bewegte, verlor das Spiel seine Wirkung, und ich erwachte. Vor Zufriedenheit seufzte ich und besah meine Arbeit. Wie ein Kunstwerk sah das Zimmer aus, aber noch war ich nicht fertig. Ich zerrte die langen Haare der Schlampe unter ihr hervor und breitete sie unter ihr aus wie Engelsflügel. Dann öffnete ich ihren Brustkorb, entnahm ihr Herz und legte eine alte, in Folie gewickelte Kinderzeichnung hinein. Als Letztes befreite ich sie von den Fesseln und faltete ihre Hände über der Brust zusammen.

Sie wirkte nun wie die Unschuld in Person, auch wenn sie es nie gewesen war. Sollte sie doch die anderen weiterhin täuschen.

Ich holte die Tasche unter dem Bett hervor, packte meine Sachen zusammen und warf einen letzten Blick auf die Schlampe. Die Plüschhandschellen hatten keine Spuren hinterlassen, und es sah aus, als wäre ich nie da gewesen. Dann verließ ich die Wohnung. Ich ließ die Eingangstür einen Spalt offen. Der Aufmerksamkeit halber. Und um für weitere Verwirrung bei der Polizei zu sorgen. Der Gedanke, dass der werte Herr Polizist im Dunkeln tappte, erfreute mich. Dieses Katz-und-Maus-Spiel, das in kurzer Zeit starten würde, wenn er endlich auf meine Spur traf, sehnte ich herbei. Denn wer Geister jagte, der blieb meistens erfolglos.

Ich lachte, lief dann zu meinem Auto und stieg hastig ein. Auch wenn es dunkel war, wollte ich nicht das Risiko eingehen, dass mich vielleicht doch jemand sah. Meine Tasche warf ich dieses Mal auf den Beifahrersitz und startete das Auto. Das erste

Stück legte ich ohne Licht zurück. Erst als ich beim Kreisverkehr ankam, schaltete ich es ein. Mit einem Lächeln im Gesicht fuhr ich nach Hause.

KAPITEL 9

Sascha

Das Vibrieren meines Handys ließ mich aus meinem Schlaf aufschrecken. Orientierungslos blickte ich mich um und wusste im ersten Moment weder, wo ich war, noch wo mein Handy lag. Mein Kopf pochte wie wild. Erst langsam lichtete sich der Nebel in meinem Kopf, und ich erinnerte mich an den Verlauf des Abends. Daran, dass ich erst bei Kathi vorbeigeschaut hatte und dann zu Maite gegangen war, die noch immer an mich gekuschelt hinter mir lag.

Allein die sanfte Berührung ihrer nackten Haut auf meiner brachte mein Blut erneut in Wallung und ließ mich das beschämende Gefühl, das sich gerade in mir breitmachen wollte, augenblicklich verpuffen.

Vorsichtig, um sie nicht zu wecken, löste ich mich aus der Umarmung, damit ich mein Handy suchen konnte. Es hatte aufgehört, zu klingeln. Doch Maite murrte nur und zog mich wieder zu sich zurück.

»Du möchtest dich doch nicht etwa heimlich davonschleichen?«, fragte sie mich verschlafen, ehe ihre Hand meinen Körper herunterwanderte, um auf meinem harten Glied liegenzubleiben.

Sie gab ein schnurrendes Geräusch von sich, während sie sanft in meine Schulter biss und anfing, meine Eier zu massieren. Ein Stöhnen entwich mir, und mein Widerstand brach. Dafür genoss ich ihre Berührungen viel zu sehr. Ich wandte mich ihr zu, um ihre Lippen mit meinen zu bedecken, als mein Handy erneut klingelte.

Mit einem Fluch wich ich zurück und stolperte aus dem Bett. Mein Handy befand sich in meiner Jacke, die ich gestern Abend achtlos auf den Boden fallen gelassen hatte. Mehr Erinnerungen an den vergangenen Abend drangen an die Oberfläche meines Bewusstseins. Erneut wollte sich Scham in mir ausbreiten, aber das Gefühl der prickelnden Berührungen überschattete sie. Wir waren wie ausgehungerte Tiere übereinander hergefallen, und das Ganze war so lange gegangen, bis ich mir all meinen Frust aus der Seele gevögelt hatte und wir vor Erschöpfung eingeschlafen waren.

Unwillkürlich musste ich lächeln. Mit Maite war alles unkompliziert. Sie klammerte nicht und forderte keine Gefühle von mir, sondern genoss einfach für eine Nacht meine Nähe, genauso wie ich die ihre. Wir halfen uns gegenseitig.

Mein Handy, das ich gerade in die Hand genommen hatte, war wieder verstummt, als Maite ihre Arme von hinten um mich schlang und ihren nackten Körper an meinen presste. Als ich das Display einschaltete, fluchte ich erneut. Es war halb zehn, und ich müsste schon längst auf der Arbeit sein. Außerdem versuchten meine Kollegen offenbar schon seit längerer Zeit, mich zu erreichen.

Verdammt!

Sanft löste ich mich aus Maites Umarmung und rief meine Kollegen zurück.

»Ich wollte gerade eine Suchmeldung aufgeben«, meldete sich Olli nach dem ersten Klingeln.

»Sehr lustig«, murrte ich.

»Es steht mir ja nicht zu, das zu beurteilen, weil du ja der Chef bist, aber hast du mal auf die Uhr geschaut? Wir haben halb zehn.«

»Ja, gerade, als ich dich angerufen habe. Scheiße! Ich habe diesen verdammten Wecker nicht gehört. Tut mir leid, Mann.«

Olli lachte belustigt. »Es tut gut, dass so etwas auch dir mal passiert. Wir hatten fast schon Sorge, dass du eine Maschine wärst. Aber gut, Spaß beiseite. Wir haben eine weitere Tote.«

Ich seufzte. »Blond, ohne Herz und mit Kinderzeichnung?«

»Ja. Der Anruf kam gerade erst. Stefan hat alles abgeriegelt.«

»Wieso wusste ich, dass es nicht bei diesem einen Mord bleiben würde? Schick mir die Adresse, ich komme direkt dorthin.«

»Solch brutale Morde bleiben selten ein Einzelfall. Aber die Hoffnung stirbt ja bekanntlich zuletzt. Hätte ja auch eine Tat aus Eifersucht sein können.«

Ich stimmte ihm zu, dann legten wir auf. Keine Sekunde später blinkte eine Nachricht mit der Adresse auf. Als ich mich umdrehte, blickte ich in die schockierten Augen von Maite. Ich hatte ihre Anwesenheit ganz vergessen.

»Es tut mir leid, das hättest du nicht mitbekommen sollen.«

Sie schüttelte den Kopf. »Das habe ich mir schon gedacht. Aber es ist trotzdem furchtbar. Wie kannst du da nur so ruhig bleiben?«

»Ich habe fast täglich mit dem Tod zu tun, Maite«, seufzte ich.

Sie zuckte mit den Schultern. »Ja, trotzdem. Es scheint dich so gar nicht zu berühren.«

Ich schloss die Distanz zwischen uns und drückte Maite sanft gegen die Wand. Meine Arme stemmte ich rechts und links neben sie. Mein Mund war nur wenige Zentimeter von ihrem entfernt. »Es berührt mich schon, Maite. Was meinst du, warum ich gestern unbedingt eine Ablenkung gebraucht habe?«

Ihr Blick wurde weicher. Sie hatte genau verstanden, was ich meinte. Auf ihre Lippen stahl sich ihr umwerfendes Lächeln. Ich gab ihr einen letzten, zärtlichen Kuss, dann sammelte ich meine Sachen zusammen. Im Badezimmer machte ich mich kurz frisch und zog mich an. Anschließend ging ich noch einmal zu Maite, um mich von ihr zu verabschieden, bevor ich in Eile die Wohnung verließ. Beim Bäcker um die Ecke holte ich mir einen Kaffee und ein belegtes Brötchen. Erst danach tippte ich die Adresse des Tatorts in mein Navi und fuhr los.

Da ich heute spät dran war, blieb mir der Berufsverkehr erspart. Ohne große Staus kam ich in der Schneebergstraße in Blumenberg an und parkte mein Auto vor dem Kirchturm.

Ich nahm als Erstes meine Umgebung wahr. Es hatte uns in einen der äußeren, neueren Stadtteile verschlagen. Die einzelnen Mehrfamilienhäuser bestanden aus roten Backsteinen und waren immer in kleinen Blocks zusammengefasst. Das Einzige, was mich verwirrte, war die Ordnung und Nummerierung der Straße. Rechts konnte ich die Nummer sechs erkennen, und als Nächstes kam die zwanzig. An sich wirkte alles hier etwas wirr, aber das war erst einmal unwichtig.

Den Tatort dagegen fand ich schnell, was daran lag, dass die Polizisten davorstanden und er abgesperrt war. Das hätte mir noch gefehlt, dass ich durch die Straßen geirrt wäre, nur um meine Kollegen zu finden. Diese waren ebenfalls schon vor Ort und sammelten sich bei Stefan, der bleich an der Absperrung stand.

»Ihr solltet den Kerl langsam fangen, bevor ich hinschmeiße. Wenn ich diesen Anblick noch öfter ertragen muss, mache ich das nicht mehr lange mit«, beschwerte er sich, als ich mich zu ihnen gesellte.

Ich klopfte ihm freundschaftlich auf die Schulter. »Keine Sorge, ich habe nicht vor, den Mörder noch länger frei herumlaufen zu lassen.«

»Sehr gut. Bevor du fragst: Das Opfer wurde von einem Nachbarn gefunden, der bemerkt hat, dass die Tür offen stand. Er hat sich Sorgen gemacht und wollte nach dem Rechten sehen. Tolle Überraschung für einen ehrlichen Nachbarn. Er steht unter Schock.«

Ich nickte Stefan zu. »Danke. Dann gehen wir uns mal umschauen.« Ich winkte meinem Team zu, und gemeinsam betraten wir das Wohnhaus, nachdem wir uns Handschuhe übergestreift hatten. Wir gingen die Treppe hoch, wo wir im ersten Stock von einem weiteren Kollegen in Empfang genommen wurden.

»Wo befindet sich der Zeuge?«, fragte ich ihn, nachdem ich ihn begrüßt hatte.

Er deutete auf die rechte Tür. »Er heißt Marko Zuba. Ist etwas panisch. Das Opfer heißt Jana Lessing.«

Ich nickte ihm zu »Danke. Julian? Du kümmerst dich um den Zeugen. Maya, du fährst zurück und recherchierst, was du über Jana Lessing und Marie Weißdorn ausgraben kannst. Vor allem brauche ich eine Verbindung zwischen den beiden. Wir anderen schauen uns als Erstes den Tatort an.«

Die beiden nickten und gingen davon.

Gemeinsam mit Olli und Sarah betrat ich die Wohnung des Opfers. Uns empfing Chaos. Der kleine Flur war komplett vollgestellt mit Schränken, die überquollen vor lauter Jacken, Schuhen und Schals. Von dort aus kam man in ein großes Badezimmer und in eine winzige Abstellkammer. Auch diese wirkten unordentlich. Die dritte Tür führte in ein großes Wohnzimmer mit Esstisch. Links ging es ins Schlafzimmer, und im hinteren Teil des Wohnzimmers konnte ich die Küche sehen, auf dessen Herd schmutzige Töpfe standen.

Entsetzt schüttelte ich den Kopf. Ich war zwar nicht reinlich, aber hier sah es furchtbar aus. Mir graute es vor dem

Schlafzimmer. Doch als ich eintrat, wirkte es, als beträte man eine andere Welt. Ich hatte damit gerechnet, dass überall Kleidungsstücke herumliegen würden, doch diese befanden sich ordentlich sortiert in mehreren Wäschekörben. In der Mitte des Raumes stand ein Himmelbett mit weißen Bändern und Vorhängen. Jedenfalls waren sie das einmal gewesen. Jetzt zierten sie rote Blutspritzer. Genauso wie die Wand und das Glas des Spiegels vom großen Kleiderschrank. Auch dieses Mal wirkte es wie ein obskures Gemälde. Mitten auf dem Bett lag Frau Lessing, genauso aufgebahrt wie Frau Weißdorn.

Ich seufzte, während ich Sarah ein Zeichen gab. Sie griff nach ihrer Kamera sowie den gelben Schildchen und nahm alles auf. Erst danach ging ich zum Bett. Als ich die Zeichnung aus dem Körper der Frau zog und untersuchte, zerplatzte meine letzte Hoffnung, dass die beiden Morde nicht miteinander in Verbindung standen. Auf dem Papier erkannte ich eine ähnliche Kinderzeichnung wie die von gestern.

Wieder ein Herz aus Wachsmalstiften.

Es schüttelte mich, als ich Sarah die Zeichnung weiterreichte, damit sie diese eintütete. Als sie ihre Hand ausstreckte, erkannte ich, dass sie zitterte. Verwunderung machte sich in mir breit.

»Alles okay mit dir?«, fragte ich Sarah, die sonst immer die Taffe der beiden Mädels im Team war.

Sie nickte zuerst mechanisch, dann schüttelte sie den Kopf. »Beide Opfer waren blond.«

Als sie auf ihren Kopf deutete, begriff ich endlich, was sie bedrückte. Sarah hatte ebenfalls langes, blondes Haar wie unsere beiden Opfer. »Mach dir keine Sorgen. Wir finden das Schwein, bevor er weitere Frauen umbringen kann.«

Sie lächelte gequält. Ich kannte sie so gar nicht. Sie hatte immer um ihre Stelle kämpfen müssen, bis ich sie in mein Team geholt hatte. Diese Zeit hatte sie zu einer Kämpferin gemacht, die kaum etwas erschütterte.

Doch wir hatten selten mit so brutalen Mordfällen zu tun. Dazu kam dann noch, dass unser Täter Jagd auf blonde Frauen machte.

»Sie ist wie ein Engel drapiert worden. Wie Frau Weißdorn«, warf Olli ein und bekam damit unsere volle Aufmerksamkeit.

Ich beugte mich zu dem Opfer hin. Die Haare waren fächerartig ausgebreitet worden, während die Hände betend verschränkt auf ihrer Brust lagen.

»Du hast recht«, stimmte ich zu.

»Ob unser Täter religiös ist? Er lässt sie mit dieser Position unschuldig wirken.« Sarah hatte sich neben mich gestellt und wirkte wieder gefasster.

»Ich frage mich, ob sie für ihn unschuldig sind oder ob er sie nur so erscheinen lassen will.« Olli betrachtete Frau Lessing nachdenklich, wobei er sein Kinn mit der Hand nachfuhr.

»Das ist eine gute Frage. Ist es eine Tat aus religiösen Gründen oder aus Rache? Vielleicht steckt ja doch etwas ganz anderes dahinter.«

»Na ja, sie sehen aus wie Engel.« Olli zuckte mit den Schultern.

»Das deutet zumindest auf das Religiöse hin«, bestätigte ich.

Sarah räusperte sich. »Was ist, wenn unser Täter Angst davor hat, dass sie als Geister zurückkommen und ihn heimsuchen? Deswegen verkleidet er sie als Engel, damit Gott kommt und sie erlöst?«

Nachdenklich blickte ich zwischen Sarah und dem Opfer hin und her. Die Erklärung klang auf jeden Fall plausibel, doch es war ebenfalls nur eine Vermutung. Auf das Warum würden wir erst am Ende eine Antwort bekommen, wenn wir den Täter gefunden hatten. Aber es gab schon einmal einen weiteren Aspekt, den man betrachten konnte.

Da fiel mein Blick auf den Nachttisch, auf dem ein kleiner Bereich sauberer wirkte als der Rest. »Da stand doch etwas!«

Meine Kollegen folgten meinem Blick und nickten. Neben den restlichen Fragezeichen kam nun ein weiteres dazu. Was hatte dort auf dem Nachttisch gestanden? Die Form sagte mir nichts, genauso wenig wie meinen Kollegen.

»Ob unser Täter neben dem Herzen noch ein weiteres Souvenir mitgenommen hat?«, fragte Olli, doch ich zuckte nur mit den Schultern.

»Ich weiß es leider nicht, aber wir werden es herausfinden. Sarah, du kümmerst dich um die Spurensuche und betreust Martin, wenn er gleich eintrifft. Olli, du befragst die Nachbarn. Es kann doch nicht sein, dass in einem Mehrfamilienhaus niemand etwas mitbekommen hat.«

»Mache ich, Chef. Ich kann es auch nicht glauben, aber hätte man uns dann nicht schon früher gerufen?«

Ich zuckte mit den Schultern. »Das mag sein, aber ich möchte nichts ausschließen. Vor allem, da dieses Viertel irgendwie anonymisiert wirkt.«

Olli nickte, tippte sich an seinen imaginären Hut und ließ uns stehen, um sich an die Arbeit zu machen.

Gemeinsam mit Sarah verließ ich die Wohnung. »Dann rufe ich mir mal mein Team zusammen, um die Wohnung auf den Kopf zu stellen.«

Ich nickte und verließ das Haus. Als ich gerade auf die Straße trat, klingelte mein Handy. »Baumann?«

»Sascha, ich bin's«, hörte ich Mayas euphorische Stimme. »Du wirst es nicht glauben, aber ich habe die Verbindung zwischen den beiden Opfern gefunden.« Ein Seufzen entwich mir, als sie eine kleine Kunstpause machte. »Ich musste ein wenig graben, doch ich habe schnell herausgefunden, dass beide zusammen gearbeitet haben. Sie waren Arbeitskolleginnen.«

»Sehr gut, was anderes hätte ich nicht von dir erwartet. Lass mich raten, die Verbindung ist Matthias Braun?«

»Herr Braun war der Chef der beiden Frauen«, bestätigte mir Maya.

»Okay, gut. Ich bin gerade auf dem Weg zum Büro. Kommst du in dreißig Minuten runter? Dann fahren wir gemeinsam zu der Firma und schauen, was wir herausfinden können.« Es machte mich neugierig, zu erfahren, wer der Mann war, den Frau Braun so abgöttisch liebte. Gleichzeitig hatte ich das Gefühl, als würde es mich ihr näher bringen. Dabei war ich eigentlich froh gewesen, sie fürs Erste verdrängt zu haben.

»Alles klar«, bestätigte Maya, dann legten wir auf.

Bevor ich zu meinem Auto ging, ließ ich meinen Blick über die Umgebung schweifen. Hier draußen würde ich keinen weiteren Hinweis auf unseren Täter finden. Dafür war er viel zu professionell organisiert. Er würde keine leichtfertigen Fehler begehen.

Auf den Parkflächen standen so viele Autos, dass dasjenige unseres Mörders hier nicht einmal aufgefallen wäre. Die gesamte Gegend wirkte anonym auf mich, als würde man hier nur kurzweilig wohnen und bald weiterziehen. Aber vielleicht irrte ich mich mit meiner Einschätzung.

Ich stieg in meinen Wagen und fuhr los, um Maya abzuholen. Es tat gut, zu wissen, dass unsere beiden Opfer eine Verbindung hatten und alles anscheinend bei Herrn Braun zusammenlief. Doch warum ermordete derjenige diese Frauen? Herr Braun war schließlich tot und konnte nicht unser Mörder sein.

Ich hatte das Gefühl, dass wir uns im Kreis drehten. Hatten wir es doch mit Taten aus Eifersucht zu tun? Es könnte ein Ehemann sein, der herausgefunden hatte, dass seine Frau ihn betrog und sich nun an all den Frauen rächte, die untreu waren. Was aber auch sein könnte, war, dass wir es gar nicht mit einem männlichen, sondern mit einem weiblichen Täter zu tun hatten, wie einer verschmähten Geliebten …

Verdammter Mist! Ich hatte einen Anfängerfehler begangen und in Schubladen gedacht. Da Messer nicht gern von Frauen benutzt wurden, war ich von einem Mann ausgegangen. Ich hatte es nicht einmal in Betracht gezogen. Es gab so vieles, das zutreffen könnte.

Ich nahm mir vor, darüber noch intensiv nachzudenken, doch zuerst musste ich mich auf die Firma von Herrn Braun konzentrieren. Vielleicht würden wir dort die fehlenden Hinweise bekommen, die etwas Licht ins Dunkel bringen würden. Es tat gut, dass es mittlerweile überhaupt Richtungen gab, in die wir ermitteln konnten, und ich war optimistisch, dass wir den Täter finden würden. Aber Aufgeben kam generell nicht infrage. Ich glaubte an mein Team.

Motiviert fuhr ich in die Tiefgarage.

KAPITEL 10

Sascha

Kaum fuhr ich in die Tiefgarage, kam Maya auch schon durch die Tür ins Parkhaus. Ich hielt neben ihr und ließ das Fenster herunter. »Mitfahrgelegenheit gesucht?«

Sie hielt einen Daumen hoch und streckte mir die Zunge heraus, bevor sie einstieg. »Sehr freundlich von Ihnen, Sir.«

Ich lachte. »Du weißt doch, das mache ich gern.«

Sie schnallte sich an. »Danke, dass ich mitkommen darf.« Verwundert blickte ich sie an. Da ich nichts sagte, lachte sie und klärte mich auf. »Sonst nimmst du immer Julian oder Olli mit. Ich freue mich einfach, mal aus dem Büro herauszukommen.«

»Danke, dass du mir das sagst. Ich dachte immer, dass du eigentlich glücklich hinter deinen Monitoren bist.«

Sie lächelte sanft. »Natürlich, doch manchmal braucht jeder Abwechslung. Und ganz ehrlich, es ist manchmal schon einsam hinter den Bildschirmen.«

Wir lachten. »Gut zu wissen. Immer werde ich dich trotzdem nicht mitnehmen können. Am liebsten würde ich immer gern mit

 136

der ganzen Mannschaft auflaufen, doch das würde die Menschen verängstigen. Deswegen muss ich abwägen, welche Fähigkeit wir am ehesten gebrauchen können.«

»Das verstehe ich. Solange du nicht denkst, dass ich ein Nerd bin, der keinerlei Einfühlungsvermögen hat, komme ich damit klar.« Obwohl sie scherzte, hörte ich den Schmerz in ihrer Stimme.

»Ich würde niemals so von dir denken, Maya. Was will ich mit einem Menschen, der sich nicht in andere hineinversetzen kann? Wenn du so wärst, hätte ich dich niemals eingestellt.«

Sie lächelte mich an. »Das hätte ich auch nicht von dir gedacht. Dafür denkst du zu praktisch.«

»Das klingt jetzt aber negativ.«

Sie seufzte. »Ich scheine gerade mit aller Macht zeigen zu wollen, dass ich doch kein Einfühlungsvermögen habe. Natürlich meine ich das nicht böse, Chef. Durch deine Einstellung haben wir schon so viele Fälle gelöst, die wir sonst nie geklärt hätten.«

»Ohne euch hätte ich das nie geschafft. Wir funktionieren als Team perfekt und harmonieren. Mittlerweile seid ihr meine Familie, und ich würde euch mein Leben anvertrauen.«

»Danke«, sagte Maya nur.

Ich konnte ihr ansehen, dass sie mit dem Lob zu kämpfen hatte, weswegen wir den restlichen Weg über schwiegen, bis wir das Tor zu Herrn Brauns Firma passierten. Über dem Eingang des gläsernen Gebäudes stand in goldenen, geschwungenen Lettern *Braun Holding*. Es wirkte edel, aber irgendwie auch übertrieben. Wir wechselten vielsagende Blicke.

Ich parkte mein Auto auf dem Parkplatz, und gemeinsam gingen wir zu dem edlen Schuppen.

Sobald wir eintraten, wurde direkt die adrett gekleidete Frau mit blonden Haaren und einem Lächeln wie aus der Zahnpasta-Werbung hinter dem Empfang auf uns aufmerksam. »Guten Tag, wie kann ich Ihnen helfen?«

Ihr Strahlen im Gesicht wirkte wie festgetackert. Es hatte etwas Gruseliges an sich und erreichte ihre Augen nicht. Ich wechselte erneut einen Blick mit Maya, bevor wir gleichzeitig in unsere Taschen griffen und die Ausweise herauszogen.

»Guten Tag. Kriminalpolizei. Mein Name ist Baumann, das ist meine Kollegin Telheran.« Man konnte regelrecht beobachten, wie ihre Gesichtszüge entgleisten. Ich unterdrückte mein Lachen, ehe ich fortfuhr. »Wir hätten da ein paar Fragen.«

Sie schluckte. »Aber natürlich. Ich muss nur eine Kollegin holen, damit der Empfang weiterhin besetzt ist. Dann können wir ins Besprechungszimmer gehen.«

Ich nickte ihr zu, und sie eilte den Gang hinunter. Es erstaunte mich, dass sie mit ihren hohen Schuhen nicht stolperte.

»Hoffentlich finden wir hier etwas, das uns weiterhilft«, sagte Maya, als die Frau aus unserem Sichtfeld verschwand.

»Ich hoffe eher, dass sie nicht ihren neuen Chef holt. Dann würde sie meinen ganzen Plan zunichtemachen.«

Bevor Maya mir antworten konnte, kam die Empfangsdame zurück, dicht gefolgt von einer zierlichen jungen Frau mit braunen Haaren. Ich musste feststellen, dass beide optisch gut zu dem edlen Aussehen der Firma passten. Sie trugen feine, schwarze Röcke, weiße Blusen und darüber schwarze Blazer.

Die blonde Sekretärin bat uns, ihr zu folgen, und führte uns in einen kleinen Raum, in dessen Mitte ein großer Tisch mit zwölf Stühlen stand. »Darf ich Ihnen etwas zu trinken anbieten?«

Wir verneinten. Sie setzte erneut das festgetackerte, kühle Lächeln auf. »Wie kann ich Ihnen helfen?«

»Sie könnten uns zuerst Ihren Namen verraten«, forderte ich barsch.

Die Frau zuckte kurz zusammen, ohne dass ihr Strahlen verblasste. »Entschuldigen Sie, ich war eben etwas überrumpelt. Mein Name ist Theresa Krüger.«

»Erzählen Sie uns etwas über Ihren Chef«, bat ich sie.

»Er ist ein guter Chef. Streng, aber kein Choleriker. Er bezahlt uns fair und behandelt uns gut. Wir alle kommen gern hierher.«

»Ich rede nicht von ihrem jetzigen, sondern von Herrn Braun.«

Für einen kurzen Moment legte sich Traurigkeit über ihr Gesicht, doch sie unterdrückte jegliches weitere Gefühl. »Herr Braun war toll. Er war nett, hat sich sehr für uns interessiert und eingesetzt. Es war eine Ehre, für ihn arbeiten zu dürfen. Natürlich war er streng und hat einiges von uns gefordert, aber wenn man seinen Erwartungen entsprach, hatte man einen Job fürs Leben.«

Entschuldigend sah Maya mich an. »Wenn man mich das über meinen Chef fragen würde, dann würde ich so etwas auch erzählen. Er ist auch nett, aber er fordert von uns, alles zu geben. Man hat teilweise kaum Zeit für sich.«

Frau Krüger verzog ihr Gesicht. »So etwas hat er nicht von uns gefordert.«

»Aber etwas anderes, richtig?«, bohrte Maya nach und blickte Frau Krüger wissend an.

Obwohl ihre Worte mich trafen, weil sie wahr waren und mir deutlich zeigten, dass ich zu viel von meinen Kollegen erwartete, machten sie mich stolz. Ich hatte in Maya immer nur die

Hackerin gesehen, dabei aber nicht bemerkt, dass ihre Kombinationsgabe auch bei Befragungen helfen konnte.

Sie schüttelte den Kopf. »Ich weiß nicht, was Sie meinen. Er hat gar nichts gefordert, außer dass man gute Arbeit leistet.«

Ich lachte. »Sie halten uns für dämlich, nicht wahr? Wir wissen längst, dass er mit seinen Mitarbeiterinnen geschlafen hat. Hat er Sie dazu gezwungen?«, bluffte ich, um sie aus der Reserve zu locken.

Frau Krüger entgleisten erneut die Gesichtszüge. »Er hat es nicht gefordert. Wenn Sie ihn gekannt hätten, dann würden Sie mich verstehen. Wir haben ihn alle geliebt. Er war charmant und hat jede um den Finger gewickelt. Aber gezwungen hat er niemanden.«

»Sie wussten schon, dass er verheiratet war?«, warf ich ein, weil ich diese Frage nicht zurückhalten konnte. Viel mehr schaltete sich mein Beschützerinstinkt ein, weil Frau Braun mir unglaublich leidtat, da ihr Mann es anscheinend nie ehrlich mit ihr gemeint hatte.

»Er hat nie über seine Frau gesprochen. Bis vor seinem Tod wussten wir nicht einmal, dass er überhaupt eine hatte.«

Als hätte das etwas geändert. »Sie waren also in ihn verliebt?«

Sie schüttelte den Kopf. »Anfangs ja, doch man hat schnell gelernt, dass einem das nur das Herz bricht. Sobald er bemerkte, dass jemand klammerte, beendete er es sofort. Er hat schnell klargemacht, dass es ihm nur um den Spaß ging.«

Ich ballte meine Hände zu Fäusten und atmete tief durch. Dieser Mistkerl! Seine Frau saß tagein, tagaus zu Hause und hatte alles für ihn gegeben, dabei hatte er sie nur ausgenutzt. Noch immer hielt sie an ihrem Mann fest, der sie nicht verdient hatte.

Sie hatte jemand besseren verdient.

»Das bedeutet also, dass er mit jeder hier etwas hatte?«

Erneut schüttelte sie den Kopf. »Nein, er stand nur auf blonde Frauen mit langen Haaren. Alle anderen behandelte er freundlich, wies sie aber zurück, wenn sie ihm Avancen machten.«

Bisher führte alles hierher. Hatten wir es wirklich mit einer Täterin zu tun? Einer abgelegten Liebschaft, die zu stark geklammert hatte? Oder einer anderen Mitarbeiterin, die von ihm zurückgewiesen worden war? Eine Frau, die sich an den Frauen rächte, die etwas mit dem Mann hatten, der sie abgewiesen hatte?

Ich spürte, dass wir auf dem richtigen Weg waren. Konnte wieder den Faden spüren, der mich durch den Fall führen würde. Irgendetwas schlug hier an, auch wenn ich es noch nicht genau fassen konnte. Ich musste mehr wissen, damit ich die

Situation besser einschätzen und das betiteln konnte, was ungreifbar in der Luft schwebte.

»Wie viele Mitarbeiter hat diese Firma eigentlich?«, fragte ich einer Eingebung folgend.

Unsere bisherigen Opfer hatten beide hier gearbeitet. Insgeheim hoffte ich, dass sich unsere Opferzahl besser einschätzen ließe, wenn wir die genaue Anzahl der Mitarbeiter kannten.

»Braun Holding hat einhundertsiebenundzwanzig Angestellte. Wir sind ein mittelständiges … «

Ich hob die Hand und unterbrach sie. »Danke für die Informationen. Gibt es noch etwas von Herrn Braun, dass Sie aufbewahrt haben?«

»Wir haben sein Büro niemals ausgeräumt. Aber warum stellen Sie all diese Fragen?« Verunsichert kaute sie auf ihrer Unterlippe herum.

»Darüber darf ich nichts sagen. Wir ermitteln in einem Mordfall.«

Entsetzt schlug sie die Hand vor den Mund. »Also stimmen die Gerüchte, dass der Unfall damals gar keiner war?«

»Wie meinen Sie das?«, fragte ich verdutzt.

Als ich das Grinsen in ihrem Gesicht sah, auch wenn es nur für einen kurzen Moment aufblitzte, ahnte ich, dass ich ihr ins

Netz gegangen war. Sie liebte es, zu tratschen, und dachte, sie hätte mich nun am Haken. Vielleicht hoffte sie auch, dass sie exklusive Informationen bekam. Ich beschloss, mitzuspielen. Vielleicht würde sie dann mehr erzählen.

»Herr Braun ist immer vorsichtig gefahren, vor allem, wenn es in Strömen regnete. Er kannte die Strecke und wusste, wo er aufpassen musste.«

»Vielleicht hat er sich erschreckt? Wild, das auf die Straße gelaufen ist? Sicher ist nur, dass er nicht abgedrängt wurde.«

Frau Krüger zog eine Grimasse und verschränkte die Arme vor der Brust. »Weswegen sind Sie denn dann hier, wenn es nicht um den Tod von Herrn Braun geht?«

»Das darf ich Ihnen nicht sagen. Würden Sie uns bitte das Büro von Herrn Braun zeigen? Damit würden Sie uns sehr helfen.«

Beleidigt nickte sie, ging dann aber voran. Da wir hinter ihr liefen, bemerkte sie mein siegessicheres Grinsen nicht, das ich Maya zuwarf. Auch sie blickte mich ungläubig an, zuckte jedoch mit den Schultern.

Frau Krüger führte uns in ein kleines Büro, das gemütlich eingerichtet worden war. An der hinteren Wand stand ein großer Schreibtisch, vor dem sich zwei bequeme Lederstühle befanden, und dahinter ein teurer Schreibtischstuhl. An der rechten Wand standen einige Regale, und zur Linken sah man eine gemütliche Sitzecke mit einem Sofa und einem Sessel.

Das Büro war liebevoll mit Bildern von pompösen Gebäuden und einigen Blumen ausgestattet.

Fast spürte ich so etwas wie Neid, weil meine kleine Kammer weniger einladend wirkte, doch ich brauchte diesen Luxus nicht. Er würde mich nur von meiner Arbeit ablenken, und Blumen würden bei mir eh nicht überleben. Lediglich Bilder könnte ich mir aufhängen, doch ich schüttelte den Kopf. Mein Büro konnte mir gerade ziemlich egal sein, ich hatte hier immerhin mehrere Mordfälle aufzuklären.

»Das hier ist das Büro von Herrn Braun. Wir haben es nicht über uns gebracht, irgendetwas daran zu verändern.«

Es sah tatsächlich aus, als würde Herr Braun jeden Moment durch die Tür kommen, um seine Arbeit zu verrichten.

»Danke. Sie können uns jetzt allein lassen. Wir möchten Sie nicht länger von der Arbeit abhalten.«

Sie nickte, wenn auch widerwillig. »Wenn etwas ist, kommen Sie bitte zu mir. Sie wissen ja, wo Sie mich finden.«

Als Frau Krüger das Büro verlassen hatte, lachte Maya laut los. Auch ich musste schmunzeln, weil mich ihre gute Laune ansteckte. »Das hat sie jetzt nicht wirklich gemacht, oder? Wir haben nicht einmal einen Durchsuchungsbefehl! Eigentlich dürften wir gar nicht hier sein.«

Ich nickte. »Deswegen wollte ich sie ja loswerden, damit wir in Ruhe ermitteln können, ohne dass das tratschwütige Weib uns über die Schulter schaut. Jetzt solltest du dich nur beeilen und den Laptop knacken, bevor die Krüger merkt, dass hier etwas nicht stimmt.«

»Du weißt aber schon, dass wir die Beweise so nicht benutzen dürfen? Dass ich sie uns illegal beschaffe?«

Ich zuckte mit den Schultern. »Wir werden hier eh nichts finden, das uns zum Mörder führt. Aber es sind Anhaltspunkte, die uns helfen können. Dementsprechend ist es egal, ob sie vor Gericht gelten oder nicht.«

Maya setzte ein verschmitztes Lächeln auf, dann machte sie sich ans Werk. Es machte Spaß, sie zu beobachten. Mit ihrer Frohnatur bereicherte sie unser Team und half uns allen durch die schweren Zeiten. Sie war unser Anker, der uns immer wieder zurückholte und uns half, uns nicht zu verlieren.

»Ich bin drin. Persönliche Passwörter sind so verdammt leicht zu knacken. Wonach soll ich suchen?«, jubelte sie und riss mich aus meinen Gedanken.

»Ich möchte wissen, mit wem Herr Braun alles Kontakt hatte, und brauche eine Liste sämtlicher Mitarbeiter der Firma.«

Sie musterte mich aufmerksam. »Nur das?«

»Ich habe das Gefühl, dass eine verschmähte Liebschaft unsere Mörderin ist und wir falsch damit lagen, dass es sich um einen Täter handelt. Er hat sich nur an blonde Frauen rangemacht, was zu unserem Opfertypus passt. Vor allem aber schien er eine Menge Frauen gehabt zu haben. Potenziell sind wahrscheinlich alle blonden Damen in Gefahr, weil unser Täter Amok laufen könnte. Oder aber jede der Frauen könnte unsere Verdächtige sein«, erklärte ich.

»Ich verstehe.« Maya nickte und hackte auf der Tastatur herum.

Ich atmete tief durch, dann blickte ich mich erneut um, konnte jedoch nichts Interessantes entdecken, das uns weiterbringen könnte. Das hatte ich erwartet, schließlich hatte Herr Braun nichts mit unseren Morden zu tun.

»Chef? Schau dir das mal an.« Ich hörte auf, Löcher in die Wände des Büros zu starren, und ging zu Maya, die das Postfach geöffnet hatte. »Er hat seine Mails nach den Kategorien geschäftlich und privat sortiert. Das erleichtert uns die Suche gewaltig.«

»Sehr gut. Pack alles, was du findest, auf eine Festplatte. Ich hoffe, wir können noch einiges mitnehmen, bevor uns wer rausschmeißt.«

Sie nickte, holte das kleine Gerät aus ihrer Jackentasche und steckte es in den dafür vorgesehen Slot. Als sie auf den Desktop wechselte, sog ich scharf die Luft ein. Das Hintergrundbild zeigte Herrn Braun mit Judith und der kleinen Sophie. Alle drei sahen glücklich aus, und es versetzte mir einen Stich in die Brust. Sie wirkten so perfekt, als gehörten sie zusammen. Als wäre für mich kein Platz in deren Leben. Ich schüttelte den Kopf über meine Gedanken. Nein, ich wollte keine Beziehung.

Als Maya mich verwundert anblickte, schnaubte ich und versuchte, abzulenken. »Da wollen die Damen mir weißmachen, dass sie nichts von der Ehefrau wussten? Verarschen kann ich mich selber.«

»Aber es ist auch ein Widerspruch in sich. Er vergnügt sich mit anderen Frauen und hat als Hintergrundbild Frau und Kind? Manchmal frage ich mich, wie sich manche Menschen noch im Spiegel betrachten können.« Maya schüttelte den Kopf.

»Das kann ich dir leider auch nicht beantworten. Mir tut es nur für die Ehefrau leid.«

Maya warf mir noch einen letzten, musternden Blick zu, dann wandte sie sich wieder geschäftig dem Laptop zu. Ich umrundete den Schreibtisch und wollte mich gerade noch ein wenig umschauen – auch wenn ich wusste, dass es nichts bringen würde –, als ein kleiner, wütender, sehr kräftiger Mann durch die Tür stürmte. Sein Gesicht schimmerte dunkelrot und schien noch eine Nuance dunkler zu werden, als er Maya am Laptop bemerkte. Er stützte sich schwer atmend am Türrahmen ab.

Hinter dem Mann erblickte ich einen Schatten, der sich als Frau Krüger entpuppte. Sie schien eine treue Mitarbeiterin, aber garantiert nicht die hellste Leuchte auf dem Kronleuchter zu sein, denn sie hatte länger gebraucht, als ich erwartet hatte.

»Wo ist Ihr Durchsuchungsbefehl?«, fuhr mich der Kerl barsch an.

Ich stellte mich bewusst vor Maya, einerseits, um sie zu schützen, andererseits, um ihr noch einen kleinen Moment Zeit zu geben, die Festplatte einzustecken, ohne dass es jemand mitbekam. »Wir haben keinen.«

Die Augen meines Gegenübers verengten sich zu Schlitzen. »Dann haben Sie hier auch nichts zu suchen. Was fällt Ihnen eigentlich ein?«

Ich zuckte mit den Schultern. »Ihre Kollegin hat uns bereitwillig hier hereingelassen, also dachten wir, dass es okay wäre, wenn wir uns hier umschauen würden.«

Er fuhr herum. Frau Krüger schrumpfte um einige Zentimeter. Ein wenig tat sie mir leid, doch ich hatte einen Fall aufzuklären. Ich gab Maya ein Zeichen, und sie nickte, bevor sie sich erhob.

»I–Ich … E–Es … Es tut mir leid«, stotterte Frau Krüger währenddessen vor sich hin und blickte auf den Boden, die Hände vor der Brust verschränkt.

»Das wird noch Konsequenzen haben, Frau Krüger!«, schnauzte er sie an, bevor er sich zu uns umdrehte. »Sie werden auf der Stelle dieses Gebäude verlassen und es ohne einen Durchsuchungsbefehl nicht mehr betreten!«

Ich nickte, und im selben Moment trat Maya neben mich.

»Aber natürlich, den werde ich mir besorgen. Wir sehen uns bald wieder.« Mit einem Grinsen auf den Lippen ging ich an dem Mann vorbei und verließ mit meiner Kollegin das Gebäude.

KAPITEL 11

Sascha

Im Auto angekommen, lachten wir beide. Einerseits vor Erleichterung, andererseits vor Schadenfreude, weil alles geklappt hatte.

»Ich glaube einfach nicht, dass das wirklich funktioniert hat!«, rief Maya aus, während sie sich anschnallte.

»Ich auch nicht. Wir holen uns trotzdem noch einen Durchsuchungsbefehl, damit alle Beweise auch rechtsgültig sind. Wie viel konntest du sichern?«, fragte ich und startete den Motor.

Verschmitzt grinste Maya. »Ich hatte genug Zeit, um fast die gesamten Emails und Personalinformationen auf die Festplatte zu ziehen. Wir werden hoffentlich etwas finden.«

Bevor ich antworten konnte, klingelte mein Handy. Ich griff danach und verzog mein Gesicht zu einer Grimasse, als ich sah, wer anrief: Kathi. Erst wollte ich sie wegdrücken, weil ich keine Vorwürfe zu gestern hören wollte, doch dann kam mir der Gedanke, dass vielleicht etwas mit Jonas sein könnte.

»Hallo, Kathi, was gibt's?«, fragte ich genervt.

»Ich freue mich auch, deine Stimme zu hören. Vor allem solltest du freundlicher zu mir sein, nachdem, was du gestern Abend abgezogen hast.«

»Tut mir leid«, murmelte ich, was mir ein belustigtes Grinsen von Maya einbrachte.

»Sascha, du musst heute Abend Jonas zu dir nehmen.«

Ich rollte mit den Augen. »Kathi, das geht nicht. Du kannst ihn nicht immer zu mir abschieben, wann immer du es möchtest. Ich habe im Moment eine Mordserie, die ich aufklären muss, und keine Zeit.«

Bildlich sah ich vor Augen, wie sich ihre grauen Augen zu Schlitzen verzogen und sie vor Wut die Hände in ihre schmale Hüfte stemmte. Klar, das funktionierte während des Telefonierens nicht, doch genauso stellte ich mir Kathi trotzdem vor. »Das ist so typisch. Zuerst behandelst du mich wie sonst etwas und dann hast du wieder nur deine Arbeit im Kopf. Wo ist der Mann hin, in den ich mich damals verliebt habe? Dein Sohn braucht dich, Sascha!«

Sie versuchte also die Masche. »Wer ist es dieses Mal? Du wirfst mir vor, nur meine Arbeit im Kopf zu haben, aber jedes Mal, wenn du irgendeinen hirnverbrannten Idioten datest, muss ich mich um Jonas kümmern. Es tut mir leid, Kathi, aber ich habe heute wirklich keine Zeit.«

Ich hörte, wie sie empört nach Luft schnappte. »Mike ist kein hirnverbrannter Idiot. Es ist dieses Mal etwas Ernstes, Sascha.«

Ich schnaubte. »Das sagst du immer.«

Sie seufzte. »Ich weiß, aber dieses Mal ist es mir wirklich wichtig.«

Ich atmete tief ein. »Wann musst du los?«

Ich konnte ihrem vermeintlichen Glück einfach nicht im Weg stehen, nachdem ich sie jahrelang unglücklich gemacht hatte. Beinahe fühlte ich mich dazu verpflichtet, ihr zu helfen. Außerdem hatte ich noch immer eine Schwäche für diese Frau, was ich gestern super bewiesen hatte.

»Er kommt mich um acht abholen.« Ich konnte die Erleichterung in ihrer Stimme hören.

»Dann bete, dass kein weiterer Mord davor geschieht, ansonsten müsst ihr warten.«

Sie schnaubte belustigt. »Du und deine Arbeit.« Ich wusste, dass sie den Kopf schüttelte.

»Du kennst mich.«

»Ja, das tue ich. Bis später, Sascha. Und Danke.«

Ich lächelte. »Bis später, Kathi.« Ich legte auf und warf das Handy achtlos in die Mittelkonsole. Dann wandte ich mich Maya zu, die aus dem Fenster starrte.

»Maya?«, fragte ich, woraufhin sie zusammenzuckte.

»Sorry, Chef. Was gibt's?« Sie gähnte und sah mich unschuldig an.

Ich grinste. »Ihr müsst heute Abend ohne mich auskommen. Ich muss mich um Jonas kümmern.«

Sie nickte. »Kein Problem. Wir wissen eh, was wir zu tun haben.«

»Kannst du mir einen zweiten Stick fertig machen, damit ich von zu Hause aus weiterarbeiten kann? Ich muss endlich ein Profil erstellen.«

»Klar. Mache ich sofort, wenn wir angekommen sind.«

Nachdem wir im Büro eingetroffen waren, setzten wir uns mit den anderen zusammen, die jedoch auch noch keine weiteren Erkenntnisse hatten. Weder der Gerichtsmediziner noch Sarah und ihr Forensik-Team hatten etwas gefunden. Es schien, als wäre unser Täter ein Geist. Er hinterließ keine Spuren, nur ein Blutbad. Als wäre er ein grausames Phantom.

Irgendwelche Fehler musste er doch machen. Es gab immer einen Anhaltspunkt, bei dem man ansetzen konnte. Doch ich fand ihn nicht.

Maya drückte mir einen kleinen Stick in die Hand, als ich ging. Sie versprach mir, sich die Dateien mit den anderen zusammen anzuschauen, und wir hofften, dass sich endlich etwas Neues ergeben würde. Ich hoffte, dass der Weg bis zur Auflösung mit nicht mehr allzu vielen Leichen gepflastert werden würde.

Nur ungern ließ ich mein Team allein. Nicht, weil ich ihnen nicht zutraute, dass sie ohne mich zurechtkamen, sondern, weil wir gerade in die heiße Phase übergingen. Endlich kamen wir weiter, und ich hatte mich dazu überreden lassen, auf mein Kind aufzupassen. Auch wenn es vielleicht nicht danach klang, aber mein Sohn bedeutete mir alles. Schließlich machte ich die Welt für ihn sicherer.

Ich verließ das Büro mit schlechtem Gewissen, das sofort verflog, als ich Jonas sah. Noch immer fand ich die Wohnung so vor, wie ich sie den beiden überlassen hatte. »Hallo, Sportsfreund. Hast du deine Tasche schon gepackt?«

Vorsichtig nickte er, bevor er den Raum verließ, um sie zu holen. Verwirrt blickte ich ihm hinterher.

»Nimm es ihm nicht übel, Sascha. Er kennt dich kaum, und in dem Alter kommt es vor, dass sie sich in der Gegenwart Fremder unwohlfühlen.«

»Aber ich bin sein Vater!«

Voller Mitleid sah Kathi mich an. »Sei mir nicht böse, aber du verbringst kaum Zeit mit ihm. Da ist es egal, wer du bist. Du lebst für deine Arbeit, und da ist kein Platz für eine Familie.«

Ich seufzte. Diese Diskussion hatten wir schon so oft geführt. Ich wusste, dass sie recht hatte, doch ich wollte mir das nicht eingestehen. Meine Arbeit war wichtig, und ich tat es, damit andere nachts gut schlafen konnten. Damit mein Sohn in einer besseren Welt aufwuchs. Bedeutete das denn gar nichts? Ich dachte, Eltern sollten Vorbilder sein, und ich zeigte Jonas, dass es sich lohnte zu arbeiten, und die Welt zu verbessern. Vor allem aber, dass es wichtig war, für das zu kämpfen, was einem etwas bedeutete.

Als Jonas mit seinem Rucksack wieder in das Wohnzimmer trat, verabschiedeten wir uns von Kathi und fuhren schweigend zu mir nach Hause. Ich wohnte im Kölner Norden in einer Wohnung, die für mich allein viel zu groß war. Der Eingang der Wohnung war ein großer Raum, den ich zum Esszimmer auserkoren hatte. Dort stand eine Bank u-förmig um einen großen, dunklen Tisch herum. Man konnte von hier in die kleine

Küche schauen oder in den nächsten großen Raum gehen, der mein Wohnzimmer war. Dort standen ein riesiges, dunkelblaues Sofa und helle, sandfarbene Schränke. Dekoriert hatte ich das Zimmer mit mehreren Palmen. Von hier kam man entweder auf den Balkon oder durch eine weitere Tür in die hinteren zwei Räume und das Badezimmer. Dort befanden sich mein Schlafzimmer und Jonas Kinderzimmer.

Zielstrebig ging der Kleine in sein Zimmer und warf den Rucksack achtlos auf den Boden. Hin- und hergerissen, ob ich etwas sagen sollte oder nicht, stand ich im Türrahmen und betrachtete ihn. Wann hatte er sich so verändert? Wieso hatte ich es nicht mitbekommen? Ich wusste es nicht, doch ich nahm mir fest vor, diesen Umstand zu ändern. Schließlich brauchte ein Sohn seinen Vater.

Mir war meine Arbeit immer wichtig gewesen, aber meinen Sohn so distanziert zu sehen, schmerzte unglaublich. Anfangs hatte er sich nie so verhalten. Da hatte er sich gefreut, mich zu sehen, doch mittlerweile schien es mir, dass er froh war, wenn er mich nicht sehen musste.

Ich trat in sein Zimmer und setzte mich zu ihm auf den Boden. Er hatte von mir einen Teppich mit einer Straße und viele kleine Autos geschenkt bekommen. Vor dem saß er und schob die Miniatur-Wagen darüber. Er wirkte traurig und musterte mich aufmerksam, als ich mich zu ihm setzte.

»Darf ich mitspielen?«, fragte ich vorsichtig.

Er zuckte mit den Schultern, und ich griff nach einem der Autos, um sie ebenfalls über den Teppich zu schieben. Dazu machte ich brummende Geräusche, die an Rennautos erinnern sollten. Zum ersten Mal sah ich meinen Jungen heute grinsen, und nach anfänglichen Schwierigkeiten schaffte ich es sogar, das Eis zu brechen. Jonas taute regelrecht auf. Sein helles Kinderlachen füllte den Raum und brachte mein Herz zum Schmelzen.

Nach mehreren Rennen, aus denen Jonas – natürlich nur rein zufällig – jedes Mal als Sieger hervorgegangen war, brachte ich ihn ins Bett.

»Erzählst du mir noch eine Geschichte?«, fragte er mich und blickte mich mit seinen großen, braunen Augen an, die meinen so ähnelten.

Ich lächelte. »Es war einmal ein kleiner Junge, der träumte davon, dass sein Vater ein Held wäre. Als dieser das erfuhr, machte er sich auf die Reise, um seinem Sohn etwas Besonderes zu bieten. Doch schnell merkte er, dass er in allem, was er ausprobierte, nicht gut war. Das Einzige, was der Vater gut konnte, war, böse Menschen aufzuspüren und hinter Gitter zu bringen. Da kam dem Vater die Erkenntnis, dass es gar nicht wichtig war, ob er ein Held war oder nicht, sondern dass er seinem Kind Sicherheit und Liebe schenken konnte.«

Ich wusste, dass diese Geschichte hirnrissig war, aber improvisieren zählte nicht zu meinen Stärken. Umso mehr erfreute es mich, dass Jonas eingeschlafen war. Ich richtete seine Decke, bevor ich mich leise aus dem Zimmer schlich.

Dann setzte ich mich mit meinem Laptop auf das Sofa im Wohnzimmer und legte die Füße hoch. Ich hatte meinen Sohn vernachlässigt. Er kam sowieso nur alle zwei Wochen am Wochenende, da konnte ich wohl Zeit mit ihm verbringen und die Arbeit ruhen lassen. Ich nahm es mir vor und hoffte, dass ich weder Jonas noch mich enttäuschen würde. Er bedeutete mir einfach zu viel, als dass ich riskieren könnte, ihn zu verlieren.

Außerdem konnte ich jetzt genauso gut arbeiten, schließlich war Jonas jung und schlief früh, sodass ich am Abend genug Zeit hatte. Ich steckte Mayas Stick in den USB-Slot und fing an, in den E-Mails von Herrn Braun zu lesen. Schnell bemerkte ich, dass sie mir nicht weiterhalfen.

Ich erfuhr kaum schmutzige Details, bekam viel mehr einen Einblick in sein früheres Arbeitsleben. Er schien genauso ein Arbeitstier gewesen zu sein wie ich. Seine Firma war erfolgreich gelaufen und hatte ihm und seiner Frau ein luxuriöses Leben ermöglicht. Doch all das brachte mich nicht weiter.

Selbst in den E-Mails, die er als privat abgelegt hatte, fand ich nichts Hilfreiches. Es waren hauptsächlich Termine mit Besprechungen. Daraus konnte ich nur schließen, mit wem er es getrieben hatte, und selbst das wären dann nur Spekulationen.

Genervt schloss ich den Laptop und legte ihn beiseite. So ein verdammter Mist. Es musste doch irgendwie vorwärtsgehen in diesem beschissenen Fall. Selten tappte ich so lange im Dunkeln. Mein einziger Anhaltspunkt war Herr Braun und der lag schon länger unter der Erde. Ich bezweifelte, dass Frau Braun mir helfen konnte, da selbst sie erst durch den Tod ihres Mannes von den Affären erfahren hatte.

Apropos: Frau Braun. Ich musste sie warnen, dass sie in Gefahr schweben könnte. Sie war ebenfalls blond, passte perfekt in das Schema unseres Täters. Dazu kam, dass sie die Ehefrau des verstorbenen Mannes war und damit das attraktivste Ziel für unseren Täter bot. Gleichzeitig hatte sie ein Motiv, da beide Opfer in der Firma ihres Mannes gearbeitet und wahrscheinlich eine Affäre mit ihm gehabt hatten. Aber sie war so zerfressen von Trauer und zerbrechlich, dass ich ihr einen Mord nicht zutrauen konnte.

Ich griff nach meinem Handy und wählte die Nummer meines Chefs, der sicher noch im Büro saß und arbeitete, weil er genauso ein Arbeitstier war wie ich. Deswegen verstanden wir uns gut, und ich hoffte, dass ich diese Karte würde ausspielen können.

»Bachmann?«

»Guten Abend, Chef.«

Er schwieg einen Moment. »Sascha. Ich würde ja sagen, dass ich mich freue, deine Stimme zu hören, aber sie bedeutet meistens nichts Gutes.«

Ich lachte. »Das hat man mir gestern auch schon gesagt.«

»Was kann ich für dich tun? Du rufst nicht ohne Grund an.« Deswegen mochte ich Jonathan Bachmann so gern. Er war direkt und kam ohne großes Geplänkel zum Punkt.

»Können Sie eine Streife zum Haus der Brauns schicken?«

»Warum?«, erwiderte er.

»Ich glaube, sie schwebt in Gefahr. Unser Mörder sucht sich vorzugsweise blonde Frauen aus, die mit ihrem verstorbenen Mann zu tun gehabt haben. Sie ist das attraktivste Ziel für unseren Täter.«

Bachmann seufzte. »Sei mir nicht böse, aber das kann ich nicht machen.«

»Wieso? Sie schwebt in Gefahr!«

»Weil sie und wahrscheinlich die halbe Firma von dem untreuen Ehemann in Gefahr schweben, Sascha. Ich müsste alle bewachen und dafür fehlen mir die Mittel. Dein Team hat mir bereits Bericht erstattet und mich auf den aktuellen Stand gebracht.«

Das konnte doch nicht wahr sein. »Dann nehmen Sie lieber in Kauf, dass weitere Frauen sterben?«

»Ich kann eine Streife bitten, vorbeizufahren, aber eine abzustellen, wird unmöglich sein. Wir haben Abend, und die meisten Kollegen sind bereits im Feierabend. Ich kann nichts für dich machen.« Die Stimme meines Chefs war tiefer geworden, und ein bedrohlicher Unterton schwang mit. Ich wusste, dass ich von seiner Seite aus keine Hilfe erwarten konnte.

»Okay, verstanden.«

»Danke, Sascha. Gute Nacht.«

»Gute Nacht.« Dann legten wir auf.

Es juckte mich in den Fingern, mein Handy mit voller Wucht an die Wand zu schmettern. Ich fühlte mich hilflos. Es war mir ein Dorn im Auge, wenn mein Chef nicht hinter meinen Entscheidungen stand. Ich konnte ihn allerdings verstehen. Was machte Frau Braun so besonders, dass sie Personenschutz bekommen sollte und die anderen Frauen nicht? Ich hätte nicht weiter nachfragen können, ohne dass er mir Befangenheit vorgeworfen hätte. Mir waren die Hände gebunden. Die Hoffnung blieb, sie morgen vor der Schule anzutreffen. Dann würde ich sie bitten, auf sich zu achten. Das klang nach einem guten Plan, wenn mein Chef mir schon nicht helfen wollte.

Ich beschloss, ins Bett zu gehen, weil mich all das nicht weiterbrachte. Morgen würde ich mit meinem Team darüber sprechen, wie wir weiter vorgehen würden. Hoffentlich hatten sie etwas anderes herausgefunden, das uns weiterbrachte.

KAPITEL 12

Judith

Wie erschlagen erwachte ich am nächsten Morgen, als hätte ich die Nacht durchgemacht. Seit Mats Tod schlief ich schlecht und fühlte mich dauernd gerädert. Trotzdem raffte ich mich mit Mühe auf und torkelte schlaftrunken ins Badezimmer. Nachdem ich geduscht und mir die Zähne geputzt hatte, ging ich wieder in mein Schlafzimmer. Dort kramte ich mir eine bequeme Jeans sowie ein einfaches, blaues Shirt aus dem Kleiderschrank und zog beides an.

Danach ging ich hinunter in die Küche und schaltete die Kaffeemaschine an. Als ich gerade den Tisch deckte, schlurfte Sophie in die Küche und strahlte mich mit ihren grünen Augen an.

»Guten Morgen, mein Schatz.« Ich kniete mich hin und drückte sie fest an mich.

»Guten Morgen, Mami.« Auch sie schlang ihre schmalen Arme um mich und umarmte mich so fest, als würde sie mich nie wieder loslassen wollen.

»Auf was hast du Appetit?«, fragte ich sie.

Sie legte den Kopf schief und dachte nach, dann grinste sie. Ich ahnte, was jetzt kam.

»Nutellabrot!«, rief sie erfreut und brachte mich damit zum Lachen.

Ich stand auf, nachdem ich ihr einen Kuss auf die Stirn gegeben hatte, und machte mich daran, ihr ein Brot mit Nutella zu schmieren. In die Mitte zeichnete ich einen Smiley, was mir mehr schlecht als recht gelang, doch sie freute sich unglaublich darüber. Danach machte ich mich daran, ihr noch ein Brot mit Käse für die Schule zu schmieren, damit sie nicht nur Zucker zu sich nahm.

Gleichzeitig bereitete ich mir einen Kaffee zu, den ich nebenbei schlürfte. Ich spürte, wie nach und nach meine Lebensgeister erwachten und die Müdigkeit langsam aber sicher verflog. Es fiel mir jeden Tag schwerer, aufzustehen, doch wenn ich einmal wach war, dann war ich es auch. Das Leben musste weitergehen.

Nachdem Sophie ihr Brot aufgegessen hatte, wischte ich ihr den Mund ab, bevor ich sie nach oben schickte, damit sie ihre Schultasche holte. Mit lautem Gepolter kam sie wieder nach unten, und wir zogen unsere Schuhe an, ehe wir das Haus verließen und ich sie zur Schule brachte.

»Mami? Lara und ich wollten nach der Schule noch etwas spielen. Darf ich?«

Ich lächelte Sophie an, die nach meiner Hand griff. »Natürlich, Liebling. Bei uns oder bei Lara?«

Sie strahlte über das ganze Gesicht. »Bei Lara. Auf dem Spielplatz gibt es eine neue Wippe.«

»Okay. Ich hole dich um vier wieder ab.«

Wir waren mittlerweile vor dem Schulhof angekommen, und sie drückte mich noch einmal fest. »Danke, Mami!« Dann lief sie eilig zu ihren Freundinnen.

Lächelnd schaute ich ihr hinterher, sodass ich nicht bemerkte, wie sich jemand neben mich stellte.

»Ist ein tolles Gefühl, wenn die Kinder glücklich sind, oder?«, fragte mich eine tiefe Stimme, die mich zusammenzucken ließ und mir gleichzeitig eine wohlige Gänsehaut bescherte.

Langsam wandte ich mich ihm zu. »Da kann ich Ihnen nur zustimmen, Herr Baumann.«

Langsam wanderte mein Blick von seinem schlanken Körper bis zu seinem schmalen Gesicht und den harten, braunen Augen, die mich aufmerksam musterten. Ich spürte, wie meine Wangen brannten, und wollte den Blick senken, doch seine Iriden zogen mich magisch in ihren Bann.

»Schön, Sie wiederzusehen«, flüsterte er und bescherte mir ein Kribbeln in meinem Bauch.

Was war nur los mit mir? Warum brachte mich seine Nähe so aus dem Konzept? Es schien, als würde es ihm ähnlich gehen. Unsicher lächelte ich, weil ich meiner Stimme nicht traute.

»Ebenfalls«, hauchte ich.

»Darf ich Sie zum Frühstück einladen?«

Die Einladung verwunderte und freute mich gleichermaßen. Jedoch brachte ich nicht mehr als ein Nicken zustande, weil mich seine Nähe zu sehr benebelte. Er musste mich nicht einmal berühren, und ich stand neben mir, unfähig, ihm zu widerstehen. Sobald der Blickkontakt abbrach, weil er sich abwandte, erwachte ich aus meiner Starre und verfluchte mich für mein Verhalten.

Was hatte ich gerade getan? Wieso hatte ich zugesagt? Es ängstigte mich, dass er so einen großen Einfluss auf mich hatte. Es gab nur einen einzigen Mann, bei dem das jemals so gewesen war, und dieser hatte mich zutiefst verletzt.

Ich nahm mir fest vor, ihn nicht zu nah an mich heranzulassen und Distanz zu wahren. Wir würden frühstücken, und dann würde ich so schnell wie möglich verschwinden.

Keine Verpflichtungen.

Als ich zu ihm aufschloss, bemerkte ich, dass er gerade sein Handy wegsteckte. Er schien meinen verdutzten Blick zu bemerken.

»Ich habe nur meinen Kollegen Bescheid gesagt, dass ich etwas später komme, bevor sie wieder eine Vermisstenanzeige aufgeben. Hat seine Vorteile, wenn man der Teamleiter ist und sich gewisse Freiheiten herausnehmen kann.« Er zwinkerte mir zu und lächelte verschmitzt.

Ich liebte dieses Lächeln, das seine harten Gesichtszüge weich werden ließ. Aber es zeigte mir auch, wie paranoid ich geworden war. Es konnte mir schließlich egal sein, ob oder mit wem der Polizist schrieb. Er war mir keine Rechenschaft schuldig, und es würde nie etwas zwischen uns entstehen.

Als wir uns im Café in der Nähe der Schule niederließen, bestellten wir Kaffee und Brötchen. Bis dahin wechselten wir kein Wort miteinander.

»Alles okay bei Ihnen?«, fragte er vorsichtig und musterte mich mit seinen braunen Augen, woraufhin ich nur nickte.

Er seufzte, und wir setzten unser Schweigen fort, bis die Kellnerin uns die Getränke und das Essen servierte.

»Ich möchte gern erst zum unangenehmen Teil kommen, bevor wir unser Frühstück genießen. Es ist natürlich nicht ganz uneigennützig, Sie einzuladen.« Entschuldigend sah er mich an, doch ich winkte ab.

Der Tag hatte schon schlecht angefangen, also konnte es nicht noch schlimmer werden. War ja klar, dass alles immer mit irgendetwas verbunden war.

»Wie kann ich helfen?«

Er schien die Distanz, die sich wie eine Mauer zwischen uns aufgebaut hatte, zu spüren. Das konnte ich an seinem Blick erkennen, der mich verwundert musterte. Aber da war auch Erleichterung. Wahrscheinlich hatte er gedacht, ich würde mich wie beim ersten Mal mit Händen und Füßen wehren. Oder er freute sich, dass ich wieder mit ihm redete. Ich wusste es nicht.

»Wie Sie wissen, ermittle ich in einem Mordfall. Es gab mittlerweile ein weiteres Opfer, und irgendwie scheint alles bei Ihrem Mann zusammenzulaufen. Wir müssen mehr über ihn erfahren.«

Damit riss er mir den Boden unter den Füßen weg. Ich versuchte gerade, mein Leben wieder auf die Reihe zu kriegen, und trotzdem drehte es sich immer wieder um Mat. Natürlich wollte ich ihn nicht vergessen, aber ich musste weiterleben. Anscheinend durfte ich das nicht, denn immer dann, wenn ich glaubte, dass es endlich aufwärtsging, schleuderte mich etwas zurück. Ich liebte Mat und würde es auch immer tun, aber ich wollte endlich wieder frei atmen können und Fuß fassen. Es musste weitergehen.

Als mich die Hand des Polizisten vorsichtig am Arm berührte, katapultierte er mich zurück in die Wirklichkeit. Ich atmete tief durch, wie meine Psychologin es mir gezeigt hatte, und schaffte es, mich langsam zu beruhigen. Vielmehr wurde mir die Wärme seiner Hand bewusst. Sanfte Schauer fluteten meinen Körper, die meine Haut in Flammen setzten. Ich sah auf und direkt in seine braunen Augen. Sofort senkte ich meinen Blick und blieb an seinen geschwungenen Lippen hängen. Sie waren wunderschön, und ich fragte mich, wie es sich wohl anfühlte, sie zu küssen.

Doch dann räusperte er sich, und was auch immer gerade geschehen war, zerbarst in tausende, kleine Scherben und versetzte mir einen scharfen Stich.

Ich zwang mich zu einem Lächeln. »Aber natürlich. Ich werde mein Bestes geben und Ihnen alles über Mat erzählen.«

»Auch wenn das jetzt unsensibel klingt, was wussten Sie über die Affären Ihres Mannes?«

Eine seltsame Leere befiel mich und ließ das erzwungene Lächeln einfrieren. Ich hatte wirklich gedacht, dass da etwas zwischen mir und Herrn Baumann war. Doch er schien sich nur für seinen Fall zu interessieren. Ich war ihm egal.

Wut stieg in mir auf. »Nicht viel. Erst nach seinem Tod habe ich davon erfahren. Ich habe nichts geahnt. Wie sollte ich auch? Er hat mich auf Händen getragen und mir das Gefühl gegeben, ich wäre sein größter Schatz. Wir galten immer als das Traumpaar. So leicht täuscht man sich.«

Er verzog den Mund bei meinen Worten. »Wie oft haben Sie ihn auf der Arbeit besucht?«

»Ab und an, aber nicht regelmäßig. Warum sollte ich auch? Ich hatte nie Interesse an der Firma und war mit Sophie und unserem Haus beschäftigt. Nur ab und zu habe ich ihm sein Mittagessen vorbeigebracht, wenn er es zu Hause vergessen hatte.« Ich zuckte mit den Schultern.

»Aber sie waren dort und kannten einige Mitarbeiter Ihres Mannes?«

Ich nickte. »Mindestens einmal im Monat war ich bei ihm.«

Nachdenklich betrachtete er mich. Hatte ich etwas Falsches gesagt? Sein eindringlicher Blick machte mich unglaublich nervös, weswegen ich meine Hände auf meinem Schoß faltete.

»Damit haben Sie mir schon einmal weitergeholfen.«

Verwundert sah ich ihn an, doch er lächelte nur wieder charmant.

Danach mied er das Thema, und wir erzählten über die Kinder. Teilweise hörte ich ihm kaum zu, die Chemie zwischen uns verwirrte mich. Dennoch genoss ich seine Nähe.

Plötzlich warf er einen verstohlenen Blick auf die Uhr und erschrak. »O je ... Mein Team reißt mir den Kopf ab. Tut mir leid, aber ich muss langsam los.«

»Kein Problem.« Ich hoffte, man hörte mir die Enttäuschung darüber, dass er schon gehen musste, nicht an.

Er ging nach drinnen, um zu zahlen. Ich überlegte, ob ich nicht einfach die Flucht ergreifen sollte. Doch bevor ich mich entscheiden konnte, kam er zurück. Schweigend legten wir den Weg zu seinem Auto zurück. Es war nicht unangenehm, dafür fühlte ich mich in seiner Gegenwart zu wohl. Ich warf ihm immer wieder unsichere Blicke zu, weswegen ich kaum bemerkte, wie wir wieder bei der Grundschule ankamen, bei der er geparkt hatte. Haltsuchend lehnte ich an seinem Wagen und blickte ihn an. Seine sanften, braunen Augen trafen die meinen und zogen mich direkt in ihren Bann. Heiße Sehnsucht brannte in ihnen. Ein Gefühl, das auch in mir brannte, auch wenn ich es nicht zulassen wollte.

»Hören Sie, Frau ...«, begann er mit tiefer Stimme, doch ich unterbrach ihn.

»Judith, bitte.«

Er blickte mich einen Moment verdutzt an, dann nickte er. »In Ordnung, wenn Sie mich Sascha nennen. Versprechen Sie mir, auf sich aufzupassen, ja? Bei jeder noch so kleinen Sache dürfen – nein, sollen Sie mich anrufen. Ich bin für Sie da.« Er reichte mir erneut eine Karte, die ich musterte.

»Ich bin groß und kann gut auf mich aufpassen. Aber ich verspreche, mich zu melden, wenn etwas ist, okay?«

Er sah mich erneut an, dieses Mal eindringlicher. »Sehr gut. Denn ich würde es mir nicht verzeihen, wenn Ihnen etwas passieren würde.«

Ich wusste nicht, was ich darauf antworten sollte. Es fühlte sich gut an, dass er sich um mich sorgte. Ich erwiderte seinen Blick, der etwas tief in mir berührte.

»Tu das nicht, Judith.« Er knurrte beinahe, und doch schaffte er es, meinen Namen besonders klingen zu lassen.

»Was denn?«, fragte ich verwundert, während es in meinem Bauch kribbelte.

Er legt sanft seine Hand an meine Wange und fuhr mit dem Daumen über meine Lippen. »Auf deiner Unterlippe herum zu kauen. Das macht mich wahnsinnig.«

Meine Wange brannte heiß unter seiner Berührung, und es fiel mir schwer, auf ihn zu hören. Der Kerl schaffte es, dass ich mich wie ein Teenager benahm, und gleichzeitig gab er mir das

Gefühl, dass ich etwas Besonderes sei. Er stieß ein Geräusch aus, das einem Stöhnen glich, dann senkte er seinen Mund auf den meinen. Es war ein sanfter Kuss, als würde er um Erlaubnis bitten. Mir entwich ein tiefes Seufzen, woraufhin Sascha ihn vertiefte. Alles in mir schrie danach, sofort aufzuhören, doch seine Nähe berauschte mich so sehr, dass ich nicht umhinkam, meine Arme um seinen Nacken zu schlingen und ihn dadurch näher an mich zu ziehen. Es fühlte sich so unglaublich gut an, dass ich mir wünschte, dass dieser Kuss niemals enden würde. Doch als schien er meine Gedanken erahnt zu haben, beendete er ihn und legte seine Stirn an meine.

Sascha schloss für einen Moment die Augen, bevor er sich sanft aus der Umarmung löste. Er küsste mich noch einmal, fast flüchtig, dann trat er zurück. »Es tut mir leid, das hätte nicht passieren dürfen.«

Seine Worte taten unglaublich weh. Er hatte es geschafft, dass ich Mat für einen Moment vergessen hatte. Zum ersten Mal hatte ich das Gefühl, dass es tatsächlich aufwärtsgehen könnte. Ich konnte ihm nicht antworten, weil Tränen in meinen Augen brannten. Er sollte sie nicht sehen und auch nicht wissen, wie sehr er mich berührt hatte. Ich wollte mir die Blöße nicht geben.

Deswegen presste ich meine Lippen fest aufeinander, nickte ihm zu und wollte gehen. Ich wollte ohne Worte verschwinden, doch er hielt mich am Handgelenk fest. »Judith, bitte, versteh das nicht falsch.«

»Was soll ich nicht falsch verstehen?«, erwiderte ich. »Dass mich zu küssen, ein Fehler war?«

»Du bist eine wundervolle Frau, Judith, und ich mag dich wirklich. In meinem Leben ist nur kein Platz für eine Frau. Meine letzte Ehe ist wegen meiner Arbeit kaputtgegangen. Außerdem würde man mir Befangenheit vorwerfen, und ich müsste den Fall abgeben. Dabei möchte ich dir helfen. Ich habe Angst um dich und nur, wenn man mich nicht abzieht, kann ich dich beschützen.«

Ich schüttelte den Kopf, und er ließ meinen Arm los. »Und ich dachte, dass du besonders bist. Lass es gut sein.« Ich wandte mich von ihm ab und beschleunigte meine Schritte, ohne ihn ein letztes Mal anzusehen. Ich wollte ihn gerade nicht in meiner Nähe haben, konnte ihn einfach nicht ertragen.

Ich versuchte, die Bilder und Gefühle zu unterdrücken, doch dafür war zu viel geschehen. Er hatte meine Trauer mit einem anderen Gefühl ersetzt: Hoffnung. Normalerweise sollte es sich gut anfühlen, doch im Moment hinterließ es eine Leere in mir, die unglaublich schmerzte, denn er hatte mir sie keine zwei Minuten später wieder genommen.

Ich war froh, dass Sophie heute nach der Schule bei einer Freundin war, denn so hatte ich den Nachmittag dafür Zeit, mich gehen zu lassen und Trübsal zu blasen. Vor allem konnte ich mir in Ruhe Gedanken machen, wie es weitergehen würde und was ich wirklich für Sascha empfand. Auch wenn es mir nicht gefiel, so bedeutete er mir etwas. Doch was genau, musste ich erst herausfinden.

KAPITEL 13

Ghost

Ich hatte beobachtet, wie er mit ihr gesprochen hatte. Hatte ihr Gespräch belauscht. Keiner hatte mich bemerkt, und das würde ihnen jetzt zum Verhängnis werden. Da die Polizei mir immer näherkam, musste ich handeln.

Ich hatte geglaubt, alles perfekt zu machen.

Fehler hatte ich keine begangen.

Trotzdem waren sie mir zu schnell auf die Pelle gerückt. So hatte ich das nicht geplant! Ich wollte ein Katz-und-Maus-Spiel, aber eines, das nach meinen Regeln verlief. Hier lief etwas gewaltig schief.

Ablenkung!

Genau so etwas brauchte ich jetzt. Etwas, das mir Zeit geben würde, um meine Mission zu beenden. Ich musste eine falsche Fährte legen. Mein Schatz hatte auch Frauen, die nicht mit ihm gearbeitet hatten. So eine musste ich finden. Den Zusammenhang würden sie nicht direkt erkennen, und genau das würde mir mehr Zeit geben.

Wenn ich nur mehr über die Ermittlungen wüsste. So ein Mist. Ich könnte sie dafür benutzen, aber sie war viel zu geblendet von dem Polizisten. Wie sehr sie sich an ihn ranschmiss. Pah! Ich hatte gedacht, Mat wäre alles für sie gewesen. Doch scheinbar nicht, so schnell, wie sie ihn vergessen hatte.

Heiß stach die Wut in meinem Herzen. Ich hatte geglaubt, dass sie ihren Mann wirklich geliebt hätte, aber anscheinend hatte ich mich geirrt.

Dafür würde sie bezahlen.

Verräterin!

Ich würde ihr zeigen, was sie davon hatte, wenn sie sich abwandte. Wenn sie ihre wahre Liebe verriet. Für einen Polizisten!

Ich musste mich abreagieren. War viel zu aufgewühlt, um dem Polizisten zu folgen, der sowieso ins Revier fuhr. Sein sicherer Hafen. Aber ich würde ihn aus der Reserve locken. Ich würde ihm, genauso wie ihr, zeigen, was es bedeutete, meinen Schatz zu verraten.

Aber zuerst musste ich nach Hause. Ich war gezwungen, mich zu sammeln und beruhigen, bevor ich mich austoben konnte. Sonst würde ich einen Fehler begehen, und das wollte ich nicht.

Das durfte ich nicht.

Ich hatte ein Ziel, und davon würde mich niemand abbringen. Keine der Schlampen, nicht die Verräterin und auch nicht die Polizisten. Bald war es soweit.

Schon bald.

Im Haus angekommen, ging ich als Erstes nach oben auf den Dachboden. Dort war es düster, abgestanden. Hier fühlte ich mich wohl und sicher. Mich umfing sofort der vertraute Geruch von Staub gepaart mit etwas Altem, Vergessenem. Tief atmete ich ein und spürte, wie sich meine Nerven beruhigten.

Dann blickte ich mich um. Auf der einen Seite stapelten sich Kartons in die Höhe, die andere Seite meines Verstecks hatte ich freigeräumt. Dort standen eine Kommode und eine Schaufensterpuppe. Die Figur trug mein langes, weißes Kleid, das mittlerweile viele feine, rote Sprenkel zierten. Sie sah mit dem Kleid und ihrer porzellanartigen Haut aus wie der Geist, den ich verkörperte. Bei dem Anblick musste ich lächeln. Schade, dass es nur eine Puppe war.

Heute Abend würde ich wieder in diese Rolle schlüpfen und ihr Leben einhauchen. Ein Rachegeist würde ich sein, kein Engel. Die Engel waren meine Opfer.

Ich lachte. Der Geist schlug die Engel. Ich war stärker und mächtiger. Vor allem aber kannte ich mein Ziel.

Mein Blick fiel auf die Kommode neben der Schaufensterpuppe. Dort standen sieben Einmachgläser, von denen zwei bereits mit den Herzen gefüllt waren. Ruhig standen sie dort und warteten, dass etwas geschah.

Bald.

Dann würde ich sie in einem Ritual benutzen, um meinen Schatz zurück auf die Erde zu bringen. Noch fünf weitere Herzen, dann war es vollbracht. Dann konnte ich ihn endlich wieder in die Arme schließen.

Als ich von dem Ritual gelesen hatte, hatte ich mein Glück kaum fassen können. Es bot mir einen Ausweg aus meinem Schmerz und meiner Sehnsucht. Ich konnte ihn endlich zurückholen.

Ihn in meine Arme schließen.

Im Gegensatz zu der Verräterin würde ich ihn niemals vergessen.

Ich durchquerte den Raum und ging zur Kommode. Liebevoll strich ich über die einzelnen Gläser, bevor ich die Schublade aufzog und ein Stück Papier herausholte. Vorsichtig schloss ich sie wieder, um die ruhenden Herzen nicht zu erschüttern.

Ich studierte meine Liste, fand einen neuen Namen und grinste zufrieden. Heute Nacht würde ich meinem Ziel ein Stück näherkommen.

KAPITEL 14

Sascha

Nachdenklich blickte ich ihr hinterher. Einerseits war ich froh, dass sie nun fort war, andererseits genoss ich ihre Nähe ungemein. Sie vernebelte meine Sinne und ließ mich alles vergessen – sogar meine Arbeit. Es machte mir Angst, weil ich es nicht verstand. Was hatte sie an sich, dass mich so sehr fesselte? Wieso ging sie mir so sehr unter die Haut?

Seitdem das mit Kathi auseinandergegangen war, wollte ich keine Beziehung mehr. Mein Job war meine Leidenschaft und mein Leben. Ich hatte weder Zeit noch Platz für die Liebe. Warum also hatte ich sie geküsst? Wieso ließ ich sie so nah an mich heran? Das Schlimmste daran war, dass ich es genossen hatte. Es hatte sich zu gut angefühlt.

Als Judith nicht mehr zu sehen war, stieg ich in mein eigenes Auto. Ich warf einen kurzen Blick auf mein Handy und war froh, dass auf dem Display nicht tausende Nachrichten und unbeantwortete Anrufe angezeigt wurden. Trotzdem plagte mich das schlechte Gewissen. Zuerst ließ ich sie allein, weil ich mich um meinen Sohn kümmern musste, und dann ging ich gemütlich frühstücken. Das warf erneut die Frage auf, was im Moment mit mir los war. Nicht einmal Kathi hatte solch eine Macht über mich.

Lag es an Judiths unschuldiger, leicht naiver Art, die meinen Beschützerinstinkt weckte? Oder vielleicht an ihrem engelsgleichen Aussehen, das durch die helle Haut und die blonden Haare nur verstärkt wurde? Die Antwort darauf war jedoch im Endeffekt unwichtig, denn sie änderte nichts daran, dass ich sie mit allem, was mir zur Verfügung stand, beschützen wollte. Ich wollte es besser machen als ihr verstorbener Mann.

Ein Seufzen entwich mir, und ich stützte meinen Kopf auf das Lenkrad. Was war nur los mit mir? Ich musste diese wundervolle Frau vergessen, auch wenn ich bezweifelte, dass es je klappen würde. Dabei kannte ich sie kaum. Außerdem war es nicht meine Art, mit einem Verstorbenen zu konkurrieren, weil ich genau wusste, dass sie ihn immer lieben würde.

Für sie hatte es immer nur ihren Mann gegeben. Er war ihr Dreh- und Angelpunkt gewesen. Doch er hatte das nicht zu würdigen gewusst. Trotz allem hatte er sich Spielgefährtinnen gesucht und seine Frau zutiefst verletzt. Mit seinem Tod hatte man ihr den Boden unter den Füßen weggerissen, und die Kenntnis über die Affären hatte ihr den Rest gegeben. Ihr war ihr

Vertrauen und ihr Lebenswille genommen worden, und doch kämpfte sie sich zurück.

Und jetzt kam ich und riss all die verheilten Wunden wieder auf. Es fühlte sich nicht gut an, doch ich tat es, um sie und viele andere Frauen zu schützen. Ich tat es, weil es mein Job war.

Wieder ein Seufzen.

Mein Superhirn – wie Maya es öfter betitelte – schien doch noch zu funktionieren, wenn auch gerade in eine andere Richtung. Ich spürte, wie die unüberwindbare Mauer unseres Falls langsam zu bröckeln begann und wir uns mühsam der Lösung näherten. Die Spannung darauf, was mein Team herausgefunden hatte und ob wir vielleicht heute schon weitergekommen waren, stieg.

Ich war mir ziemlich sicher, dass unser Mörder eine Frau war. Eine verschmähte Liebe, die sich die holte, die etwas mit Herrn Braun gehabt hatten. Deswegen war es umso wichtiger, dass wir uns beeilten, weil auch Judith in Gefahr schwebte. Allein die Vorstellung, dass sie solche Qualen erleiden musste, brachte mich an den Rand des Wahnsinns.

Was mich dieser Fall bisher gelehrt hatte, war, nicht in Schubladen zu denken. Man sagte Frauen nach, dass sie Gift bevorzugten, doch unsere Mörderin liebte es blutig und gewaltsam. Sie störte der Schmutz nicht und sie fühlte sich selbstsicher. Vielleicht liebte sie das Risiko.

Es war ein Rachefeldzug, doch als Rächerin würde ich sie nicht betiteln. Sie verfolgte ein Ziel, und das hatte etwas mit den Herzen zu tun. Ich tippte auf schwarze Magie. Irgendein Quacksalber hatte sie wahrscheinlich angestachelt. Doch wofür? Was war das Ziel unserer Täterin?

Ich fuhr gerade in die Tiefgarage.

Jetzt, wo die Gedanken noch frisch waren, beeilte ich mich, um zu meinem Team zu kommen. Ohne auf etwas zu achten, stürmte ich zum Aufzug und hatte Glück, dass er gleichzeitig mit mir unten ankam. Sobald ich in der fünften Etage ausstieg, trommelte ich meine Kollegen zusammen. Sie wirkten mürrisch und übermüdet, was mein schlechtes Gewissen nur verstärkte. Während sie hart gearbeitet hatten, hatte ich mit einer Zeugin geknutscht und mit meinem Sohn gespielt. Doch bereute ich beides nicht. Ich atmete tief durch und schluckte das miese Gefühl hinunter. Dafür war keine Zeit. Ich würde meine Kollegen dafür zum Essen einladen, wenn dieser Fall vorbei war. Das hatten sie sich redlich verdient.

Nachdem wir uns im Besprechungsraum versammelt hatten, erzählte ich dem Team von meinen Erkenntnissen und Gedanken. Was zwischen Judith und mir vorgefallen war, verschwieg ich. Sie würden mir nur Vorwürfe machen, was ich verstehen konnte.

»Ich werde mich mal in diesen Foren austoben. Vielleicht stoße ich ja auf etwas Interessantes«, freute sich Maya.

»Sehr gut. Was habt ihr herausgefunden?«

Olli lachte. »Wir tappen schon wirklich lange genug im Dunkeln. Ich kann dir nur zustimmen. Während du den Superdaddy gespielt hast, sind wir die E-Mails durchgegangen.«

»Sehr lustig, Oliver.« Ich ließ meinem Team einiges durchgehen und dazu gehörte auch, dass man Späße machte, aber dieser ging mir zu weit. Vor allem, wenn ich sowieso schon ein schlechtes Gewissen hatte.

»Tut mir leid, war nicht böse gemeint. Jedenfalls haben wir eine Liste von den Mitarbeitern erstellt und sie nach dem Aussehen getrennt. Damit bleiben noch etwa siebzehn potenzielle Opfer übrig.«

Ich seufzte. »Das sind eine Menge. Aber das bringt uns ein Stück vorwärts. Setzt Frau Braun auch noch auf die Liste, dann sind es achtzehn Frauen, die wir überwachen müssen.«

»Aber wir haben noch etwas herausgefunden. Maya hat die Mitarbeiter von Braun Holding durchleuchtet. Eine gewisse Theresa Krüger ist unserem System bekannt. Rate mal, wofür«, meldete sich Julian zu Wort.

»Wenn du so geheimnisvoll tust, vermute ich fast für Körperverletzung mit einem Messer?«

Julian schüttelte den Kopf. »Sie ist für Stalking bekannt. Hat scheinbar schon vorher einige ihrer Ex-Freunde tyrannisiert.«

»Außerdem gab es noch drei weitere polizeilich bekannte Mitarbeiter – Ladendiebstähle, leichte Körperverletzung und Drogenbesitz. Nichts, was uns wirklich weiterbringt.« Olli schob mir die genannten Akten zu.

»Danke. Damit ist unsere Hauptverdächtige Theresa Krüger. Ich möchte, dass sie unter besonderer Beobachtung steht.«

»Oder es ist die Ehefrau, die aus Wut und Verzweiflung alle Liebschaften ermordet«, warf Sarah ein.

Ich schüttelte den Kopf. »Nein, sie war es nicht. Sie leidet schon genug unter dem Tod ihres Mannes, als dass wir sie jetzt auch noch wegen Mordes beschuldigen. Ich glaube, dass wir mit Theresa Krüger auf dem richtigen Weg sind und Frau Braun in großer Gefahr schwebt.«

Verwundert musterte mich mein Team, dann ergriff Sarah schließlich das Wort. »Wieso glaubst du das?«

»Es scheint mir zu offensichtlich, als würde es ihr jemand in die Schuhe schieben wollen. Die Affären ihres Ehemannes werden ermordet. Ja, sie hat ein Motiv, aber sie ist auch nicht dumm. Es ist doch logisch, dass der Verdacht sofort auf sie fällt.

Nein, Judith … Braun ist nicht unsere Mörderin. Vor allem hat uns Frau Krüger angelogen, als sie meinte, sie kenne Frau Braun und Sophie nicht.«

Noch immer blickte mich mein Team erstaunt an, weil ich mir nicht alle möglichen Optionen offenhielt. Dazu kam, dass ich mich beinahe verraten hatte. Wenn jemals herauskam, wie nah ich Judith gekommen war, würde man mich wegen Befangenheit von dem Fall abziehen. Das konnte ich nicht zulassen. Nicht, solange der Täter frei dort draußen herumlief und Judith in Gefahr schwebte. Ich musste vorsichtiger sein und mich von ihr fernhalten, damit ich den Fall nicht in Gefahr brachte.

»Die Dame hat also gelogen. Doch … warum? Sie muss doch wissen, dass es herauskommen und sie verdächtig machen würde«, lenkte Olli ein.

»Vielleicht war es eine Kurzschlussreaktion? Viele sind mit der Anwesenheit der Polizei überfordert, und sie hat sich eine Notlüge ausgedacht«, warf nun Sarah ein.

Ich schüttelte den Kopf. »Sie hat offen über die Affäre geredet, und man konnte ihr ansehen, dass sie Herrn Braun vermisst. In der Firma wusste jeder, was dort ablief. Nur was die Familie angeht, hat sie gelogen. Das war keine Notlüge.«

»Ich glaube, dass sie es verdrängt hat, um ihr Gewissen zu besänftigen.« Wir wandten uns alle Julian zu. »In unserer

Gesellschaft ist Betrug verwerflich. Wenn es Frau Braun und das Mädchen nicht gegeben hätte, dann hätten weder sie noch ihr geliebter Chef etwas getan, das moralisch verwerflich gewesen wäre.«

Ich nickte. »Damit hast du wohl recht, und es ist die einzig sinnvolle Erklärung.«

»Ihr sagtet, Herr Braun hatte nur etwas mit blonden Frauen, richtig?«

Wir wandten uns neugierig Olli zu. Alle wollten wissen, was in seinem Kopf vorging. Er war ein Ass im Profiling, und zusammen erstellten wir die besten Profile. Es machte Spaß, mit ihm auf Verbrecherjagd zu gehen, weil er einen sechsten Sinn hatte, der sich perfekt mit meinem ergänzte.

»Wir sind uns bereits einig, dass es sich bei der Täterin nicht um eine Rächerin handelt, denn sonst würde sie die Damen nicht so aufbahren. Und da von einer verschmähten Liebschaft auszugehen ist, ist unsere Stalkerin die beste Spur. Sie wird verzweifelt darüber sein, dass ihr geliebter Matthias Braun nicht mehr unter uns weilt. Ich denke, dass sie durch Zufall auf ein Ritual gestoßen ist, mit dem sie versucht, ihren Geliebten zurückzuholen. Wahrscheinlich klappt es nicht, und das merkt sie jetzt, doch aufhören kann sie nicht. Aber sicher können wir das erst sagen, wenn Maya nach diesen Ritualen gesucht hat. Sie werden uns bestimmt weiterbringen.«

Maya erhob sich von ihrem Stuhl. »Wenn es okay ist, dann werde ich mich sofort auf die Suche machen. Ich habe nichts Weiteres einzuwerfen, weil wir nicht viel mehr herausgefunden haben.«

Ich nickte Maya zu. »Gut. Wir werden derweil die Tafel auf den aktuellen Stand bringen.«

Meine Kollegen standen auf, um ihre Notizen zu holen. Lediglich Sarah blieb sitzen. Sobald alle den Raum verlassen hatten, wandte sie sich mir zu. »Sascha, du weißt, dass ich dich sehr schätze und niemals angreifen würde, aber irgendwas stimmt hier nicht. Du hältst dir sonst immer alles offen, doch dieses Mal verschließt du die Augen davor, dass auch Frau Braun ein eindeutiges Motiv hat. Was verschweigst du uns?«

Das hatte ich davon, wenn ich mir die besten Ermittler ins Team holte. Ihnen entging nichts. »Ich verschweige euch nichts. Sie kämpft noch immer damit, ihren Weg zurück ins Leben zu finden. Ich kann es natürlich nicht ausschließen, Sarah, aber es fühlt sich nicht richtig an, sie zu beschuldigen. Mein Instinkt schlägt bei ihr absolut nicht an. Logisch begründen kann ich es nicht. Wenn du dahingehend ermitteln möchtest, dann tu es, aber konfrontiere sie erst dann, wenn du handfeste Beweise hast.«

Verdutzt musterte sie mich. »Das klingt fast, als würdest du sie vögeln. Versteh das nicht falsch, ich frage mich nur, was sie wohl für ein Mensch sein muss, dass du sie so sehr beschützen möchtest.«

Ich presste die Lippen aufeinander. »Frau Braun ist eine sehr zerbrechliche Frau. So eine vögelt man nicht, man behütet sie.«

Bevor sie etwas erwidern konnte, kam Olli zurück in den Raum. Er trug einen riesigen Stapel Papier auf dem Arm und ließ ihn geräuschvoll auf den Tisch fallen. Wir machten uns daran, alles zu ordnen, damit wir die Tafel aktualisieren konnten. Weitere Gespräche über Judith kamen dabei nicht mehr auf.

Julian bat darum, sich etwas ausruhen zu dürfen, was ich ihm natürlich genehmigte. Das Team hatte die Nacht durchgearbeitet, und sie hatten sich ihre Ruhe nun verdient.

Es waren viele Stunden vergangen – mittlerweile ging es auf Mitternacht zu –, als ich bei der Hälfte des Stapels ankam und Julian hereinstürmte. »Chef, es ist nun offiziell. Wir haben es mit einem Serienmörder zu tun. Es wurde gerade Leiche Nummer drei gefunden.«

KAPITEL 15

Judith

Desorientiert öffnete ich die Augen. Es dauerte ein paar Sekunden, bis ich mich zurechtfand und realisierte, dass ich auf meinem Sofa lag. Ich musste eingeschlafen sein, nachdem ich zu Hause angekommen war. Das Treffen mit Sascha hatte mich voll und ganz aus dem Konzept gebracht, sodass ich keinen klaren Gedanken mehr hatte fassen können.

Zum einen genoss ich seine Nähe. Sascha sah toll aus, und ich fühlte mich wohl, wenn ich ihn sah. Er wirkte so stark und gefasst und schaffte es, mich zu erden. In seiner Nähe schöpfte ich neuen Lebensmut. Bei ihm ließen der Schmerz und die Leere, die Mats Tod hinterlassen hatte, ein wenig nach. Er tat mir gut.

Doch andererseits war es genau das, was mir Angst machte. Ich hatte anderthalb Jahre damit verbracht, um Mat zu trauern, und hatte mir jeden Gedanken daran, jemals wieder glücklich zu werden, verboten. Und auch wenn sich das nie richtig angefühlt hatte, war Mat mein Leben gewesen.

Dann war da noch der Kuss und Saschas Reaktion danach. Hatte ich etwas falsch gemacht oder warum verhielt er sich so? Gleichzeitig hätte ich niemals zulassen dürfen, dass er mir so nah kam.

Ich hätte ihn nicht zurück küssen dürfen.

Genervt stöhnte ich. Vielleicht bin ich deswegen eingeschlafen, weil ich diesen Zwiespalt nicht mehr hatte ertragen können. Mein Kopf sagte Nein, aber mein Herz Ja.

Ich ging nach oben, um eine Dusche zu nehmen, die alle negativen und zwiegespaltenen Gefühle abspülen sollte. Jedenfalls hoffte ich das. Im Bad entkleidete ich mich und drehte das Wasser heiß auf. Bald schon war das Badezimmer in einen sanften Nebel gehüllt, der durch den Raum waberte. Ich stieg vorsichtig in die Wanne und passte die Temperatur an, bis sie sich angenehm auf meiner Haut anfühlte.

Wie lange ich unter der Dusche stand, wusste ich nicht, doch irgendwann schaltete ich das Wasser ab und griff nach meinem Handtuch. Als mich ein kühler Lufthauch strich, erstarrte ich. Ich war mir sicher, dass ich alle Türen und Fenster geschlossen hatte, weil ich mir Saschas Warnung zu Herzen genommen hatte.

War jemand im Haus?

Mein Herzschlag beschleunigte sich, und ich wickelte das Handtuch fest um mich. Ich versuchte, mich zu beruhigen, mir einzureden, dass ganz sicher alles geschlossen war. Dennoch beschlich mich ein komisches Gefühl. Ich musste mich vergewissern, dass wirklich alles geschlossen war, ansonsten würde ich mich nicht beruhigen können.

Vorsichtig schlich ich aus dem Badezimmer und spähte nach links und rechts, konnte aber niemanden entdecken. Ich öffnete die erste Tür und trat in Sophies Zimmer. Alle Fenster waren geschlossen und niemand war dort.

Dann ging ich zu meinem Schlafzimmer und fand alles gleich vor. Auch im Arbeitszimmer fand ich nichts Ungewöhnliches. Deswegen machte ich mich auf den Weg nach unten. Erneut spürte ich den kalten Lufthauch, der mich frösteln ließ.

Hier stimmte etwas gewaltig nicht.

Mein Herz schlug mittlerweile hart gegen meine Brust, und meine Atmung ging flach, während ich mich durch die untere Etage schlich. Die Haustür war geschlossen, und auch in der Küche fiel mir nichts auf. Als ich im Wohnzimmer ankam, hielt ich für einen Moment den Atem an. Die Balkontür stand sperrangelweit offen und wehte kalte Luft ins Haus.

Wie angewurzelt blieb ich stehen. Unschlüssig starrte ich auf die offene Tür, die vor dem duschen garantiert geschlossen gewesen war. Plötzlich vernahm ich ein Lachen, das mir seltsam bekannt vorkam, und es erklangen Schritte hinter mir. Dann schlangen sich Arme von hinten um mich.

Ich schrie.

Hinter mir erklang ebenfalls ein Schrei.

Ich wandte mich um, sah erst einmal nichts, spürte jedoch noch immer die Berührung an meinen Beinen. Als ich meinen Blick senkte, seufzte ich erleichtert. Vor mir stand Sophie und sah mich mit großen, ängstlichen Augen an.

»Oh, Sophie! Hast du mich vielleicht erschreckt. Wo kommst du her?« Ich kniete mich hin und nahm meine Tochter fest in den Arm.

»Du bist nicht gekommen, also bin ich allein zu Fuß nach Hause gegangen.«

Erschrocken blickte ich auf die Uhr auf dem Regal über dem Fernseher und stellte fest, dass es mittlerweile halb sechs war. Ich hatte die Zeit vollkommen aus den Augen verloren. »Es tut mir so leid, Sophie. Ich bin eingeschlafen und habe nicht mehr auf die Uhr gesehen.«

Sie strahlte mich an. »Lara wohnt doch nur drei Straßen weiter, und ich bin doch schon groß.«

Damit brachte sie mich zum Lachen. »Und wie groß du schon bist, Liebling. Ich koche uns etwas zu essen, okay?«

Sie nickte und lief nach draußen in den Garten. Mit noch immer wild pochendem Herzen blickte ich meiner Tochter hinterher. Wie hatte ich nur Sophie vergessen können? Das durfte nie wieder passieren. Und wer war schuld? Der blöde Kommissar, der mich aus dem Konzept brachte. Er stellte mein ganzes Leben auf den Kopf, sodass ich nicht mehr klar denken konnte.

Für Sophie und auch für mich war es besser, wenn ich ihn einfach vergaß.

KAPITEL 16

Sascha

Sofort sprangen wir von unseren Stühlen auf und folgten Julian, der einen Zettel in der Hand hielt. Er reichte ihn mir, als ich an der Tür des Besprechungszimmers ankam. Bei der Adresse stutzte ich ein wenig. Sie kam mir seltsam bekannt vor, doch ich wusste nicht, woher.

»Lasst uns los«, sagte ich gedankenverloren. Ich grübelte darüber, woher ich diese Anschrift kannte, doch es fiel mir zum Verrecken nicht ein. Dabei hatte ich, im Gegensatz zu meinen Kollegen, ziemlich viel geschlafen. Ich war ausgeruht, also was war nur los mit mir?

In der Tiefgarage teilten wir uns auf zwei Autos auf. Sarah stieg bei mir ein und Julian bei Olli. Maya blieb heute im Büro, da sie weiterhin recherchieren sollte. Sie würde uns am Rechner viel mehr nützen als am Tatort.

Unser Weg führte uns zu einem Mehrfamilienhaus in der Innenstadt. Als wir davor hielten, wusste ich, wieso mir die Anschrift so bekannt vorkam. Ich kannte eine der

Anwohnerinnen und betete, dass ihr nichts passiert war. Doch genauso wusste ich, dass sie perfekt in das Schema unserer Mörderin passte.

»Hey, Jungs«, begrüßte uns Stefan mit einem schiefen Grinsen. »Oben liegt wieder eine wunderschöne Frau. Gleiches Muster: blond, sieht aus wie ein Engel und hat kein Herz mehr. Dritte Etage, dort gibt es nur eine Wohnung. Martin ist informiert und auf dem Weg hierher.«

In dem Moment erstarb meine Hoffnung. Ich spürte, wie meine Beine weich wurden, und musste mich an der Wand abstützen, um nicht zu stolpern.

»Sascha? Alles okay?«, fragte mich Julian besorgt.

»Ja, alles okay.«

»Du siehst blass aus«, mischte sich nun auch Sarah ein.

Olli dagegen musterte mich aufmerksam. »Du kennst das Opfer, richtig?«

Ich nickte. »Maite Siebern, achtundzwanzig Jahre alt.«

Mitleidig blickte Stefan mich an. »Leider genau richtig. Hoffentlich findet ihr das Schwein bald.«

Ich presste meine Lippen fest aufeinander, zog meine Handschuhe an, bevor ich zielstrebig in das Haus ging und die Treppen erklomm. Jeder Schritt fühlte sich an, als würde ich ein tonnenschweres Gewicht mit mir herumtragen. Manchmal glaubte ich sogar, dass sich die Treppe urplötzlich verlängerte.

Als ich oben ankam, musste ich erst einmal verschnaufen und mich sammeln. Meine Kollegen waren mir schweigend gefolgt und warfen mir vorsichtige, fast lauernde Blicke zu. Ich vermutete, dass sie sich um mich sorgten, doch damit machten sie alles nur noch schlimmer.

Um diesem Mitleid zu entkommen, betrat ich die Wohnung, nachdem ich noch einmal tief Luft geholt hatte. Zielstrebig ging ich in das Schlafzimmer, ohne irgendetwas zu betrachten. Es fühlte sich an, als würde ich durch einen Tunnel laufen. Wieder folgten mir meine Kollegen, ich konnte ihre Schritte hinter mir hören.

Als ich Maite auf ihrem Bett liegen sah, musste ich würgen. Auch wenn sie friedlich aussah, tat mir ihr blutiger Anblick unendlich weh. Vielleicht waren wir kein Paar gewesen, doch sie hatte mir viel bedeutet. Ich stürmte in das angrenzende Badezimmer, hob den Klodeckel und erbrach mich.

Warum Maite? Sie hatte niemandem etwas getan. Sollte es eine Botschaft an mich sein, weil wir zu tief gegraben hatten? Beobachtete uns die Mörderin? Waren wir ihr zu sehr auf die Pelle gerückt? Ich wusste es nicht. Mein Kopf fühlte sich leergefegt an, und ich konnte keinen klaren Gedanken fassen.

Wenn es das Ziel des Mörders gewesen war, mich aus dem Konzept zu bringen, dann hatte er es geschafft. Er hatte mir eine wichtige Person genommen. Gleichzeitig erwachte in mir ein unglaublicher Kampfeswille, der durch Wut angetrieben wurde. Sie hatte es persönlich werden lassen. Doch mit mir legte man sich nicht an. Das war ein riesiger Fehler.

In dem Moment, in dem ich durch meinen Hass neue Kraft getankt hatte, ging die Tür auf, und Julian trat ein. Aufmerksam musterte er mich, bevor er sich zu mir auf den Boden setzte. Ich betätigte die Spülung der Toilette, um die Überreste meines Frühstücks zu beseitigen.

»Geht es dir besser?«, fragte er mich.

Ich nickte. »Tut mir leid. Bei mir ist alles okay.«

»Du kanntest sie gut, richtig?« Seine blauen Augen hatten eine beruhigende Wirkung auf mich.

Ich seufzte, bevor ich erneut nickte. »Ich kenne sie, seit ich denken kann. Sie ist meine beste Freundin … gewesen.«

»Da war noch mehr zwischen euch, oder?«

Dem entging aber auch gar nichts, was mich unwillkürlich lächeln ließ, weil ich nicht erneut wie ein Wackeldackel nicken wollte.

»Wir haben hin und wieder was miteinander gehabt. Keine Liebe oder so. Einfach nur ein bisschen Spaß. Sie war etwas

Besonderes, und ich habe ihre aufrichtige und ehrliche Art geliebt. Warum ausgerechnet sie?« Ich schlug auf die Klobrille, sodass es laut schepperte.

»Es tut mir so leid, Sascha.« Ich hörte die Aufrichtigkeit in seiner Stimme und genau das ließ mich meine Gedanken wieder fokussieren.

»Danke.« Ich presste die Lippen fest zusammen, bevor ich mich aufrappelte.

Mit neuer Kraft wollte ich mich dem Tatort stellen, damit ich das Schwein, das Maite das angetan hatte, schnell stellen konnte. Es gab bereits genug Tote, und ich musste dem Ganzen endlich ein Ende bereiten. Vor dem Schlafzimmer wurde ich jedoch von Sarah und Olli aufgehalten, die sich mir in den Weg stellten.

Auch Julian war mir gefolgt. »Meinst du, dass es gut ist, wenn du da wieder reingehst?«

Ich seufzte und rollte mit den Augen. »Würde ich es sonst machen? Traut ihr mir so wenig zu?«

Sarah schüttelte den Kopf. »Das meinen wir nicht, Sascha. Wir haben dich vorher noch nie so entsetzt gesehen und machen uns einfach nur Sorgen.«

Ich lächelte matt. »Das weiß ich zu schätzen, danke. Trotzdem muss ich da rein. Es war ein Fehler, dass sich das Miststück Maite ausgesucht hat und es zu etwas Persönlichem gemacht hat. Vor allem aber kenne ich mich dort drinnen sehr gut aus und kann uns hier am besten weiterhelfen.«

Ich konnte den Widerwillen in den Augen meiner Kollegen erkennen, doch sie traten beiseite und ließen mich passieren. Sie wussten genauso gut, dass meine Hilfe hier unabdinglich war. Ich war nicht irgendein Freund oder Ehemann, sondern Polizist und wusste, worauf ich achten musste, um uns weiterzubringen.

Der süßliche Geruch des Todes umhüllte mich und versuchte, meine Sinne zu benebeln. Doch ich ließ es nicht zu. Distanz wahren. Ansonsten würde ich diesen Fall niemals lösen und stattdessen zusammenbrechen. Das konnte ich mir nicht leisten. Es musste vorwärtsgehen.

Für Maite.

Für Judith.

Ich ließ meinen Blick schweifen, doch bis auf das Kunstwerk aus Blutspritzern an der Wand und Maite, die wie alle anderen Opfer auf dem Bett kunstvoll drapiert worden war, erkannte ich nichts Auffälliges. Vorsichtig trat ich näher. Auch wenn mir mein innerer Instinkt davon abriet, musste ich über meinen eigenen Schatten springen. Alles sah aus wie immer, bis auf den komischen Fleck auf dem Nachttisch. Ich überlegte, doch mir fiel nichts ein, was dort gestanden haben könnte. Schließlich wandte ich mich ab und ging zurück zu meinen Kollegen.

»Alles sieht aus wie immer, außer dem Blut und Maite, natürlich. Auch hier konnte ich diesen mysteriösen Fleck auf dem Nachttisch ausmachen, und ich bin mir ziemlich sicher, dass dort vorher nichts gestanden hat.«

Olli grinste. »Unsere Täterin bringt also etwas mit. Meinst du, sie filmt ihre Tat?«

Entsetzt blickte Sarah uns an, als ich nickte. »Das ist nicht euer Ernst! Wie widerlich …«

»Ist es, aber unsere Mörder sind auch widerlich. Ich möchte, dass ihr noch einmal zu den anderen Tatorten fahrt und nach Hinweisen sucht, die wir vielleicht übersehen haben. Wir haben vorher mit einem männlichen Täter und nicht mit einem weiblichen gerechnet. Irgendetwas muss er doch verloren haben. Sarah, du kümmerst dich um diesen Tatort, und danach möchte ich, dass du die anderen noch einmal unter die Lupe nimmst. Und wenn du jedes einzelne Haar mitnimmst. Wenn unsere Mörderin wirklich eine verschmähte Liebschaft ist, ist sie nämlich ebenfalls blond.«

Meine Kollegen nickten und machten sich an die Arbeit. Ich fischte währenddessen mein Handy aus meiner Hosentasche, entsperrte es und wählte Mayas Nummer.

»Hallo, Chef«, begrüßte sie mich fröhlich.

»Hallo, Maya. Du müsstest bitte überprüfen, ob Maite Siebern in Verbindung zu Herrn Braun stand.«

Ich hörte, wie sie etwas auf ihrer Tastatur tippte. »Hübsche Frau. Im Moment kann ich erst einmal keine Verbindung herstellen, aber die Welt ist ja bekanntlich klein. Ich werde schauen, ob sie sich vielleicht schon einmal begegnet sind, und melde mich, sobald ich was habe.«

»Alles klar. Ich komme jetzt zurück ins Büro.« Damit legten wir auf.

Meine Gedanken kreisten um Maite. Warum hatte sie sterben müssen? Waren wir der Mörderin wirklich zu nahegetreten? Doch woher sollte sie wissen, dass ich Maite gekannt hatte? Wir hatten uns in letzter Zeit nicht oft getroffen. Man hätte wahrscheinlich leicht herausfinden können, dass wir uns seit der Grundschule gekannt hatten, doch wieso wusste die Täterin, dass Maite mir wichtig gewesen war?

Warum sie?

Ich verstand es nicht und es machte mich traurig. Sie war eine tolle Frau gewesen, die viel und gern gelacht hatte. Nie wieder würde ich ihr Lachen vernehmen, nie wieder ihr strahlendes Lächeln bewundern können und nie wieder ihre zarten Küsse spüren. Nicht einmal mehr ihre weiche Haut würde ich jemals wieder fühlen dürfen.

Ich verließ ihre Wohnung. Tiefer atmete ich die frische Luft ein, während der süßliche Duft des Todes aus meiner Nase verschwand. In meinem Kopf herrschte eine Leere, die ich füllen musste. Die beste Alternative war das Büro, in dem die Arbeit ausreichend Ablenkung bot. Das letzte Teil fehlte, und ich war mir sicher, dass ich es hatte. Das Puzzleteil ließ sich nur nicht zusammensetzen. Als ich zu meinem Auto ging, kam mir ein Gedanke, der mich innehalten ließ.

Wenn die Täterin es auf mich abgesehen hatte, könnte Judith ihr nächstes Ziel sein. Sie schwebte in großer Gefahr. Ich warf einen Blick auf die Uhr und bemerkte, dass es zu spät war, um sie zu erreichen. Kurz nach eins. Sie jetzt auf das Revier zu bitten, wäre unhöflich, und Judith würde es wahrscheinlich als Panikmache abtun. Meine einzige Hoffnung war, dass die Täterin wenigstens bis morgen Abend Ruhe geben und mir damit Zeit geben würde, das Bild in Ruhe zu vervollständigen.

Ich startete den Motor meines Autos, doch die Sorge um Judith ließ mir keine Ruhe. Deswegen beschloss ich, einen Umweg zu fahren, bevor ich ins Büro zurückkehrte. Es würde niemanden stören und mir Sicherheit geben. Ansonsten würde ich keinen klaren Gedanken fassen können, um den Fall zu lösen. Ich würde ja auch nicht bei ihr klingeln, sondern einfach nur schauen, ob alles in Ordnung war oder etwas verdächtig aussah. Dagegen war definitiv nichts einzuwenden.

Doch ich kam keine zwei Meter weit, denn mein Handy klingelte und eine unbekannte Nummer rief an.

»Baumann?«, meldete ich mich.

»Sascha?«, vernahm ich Judiths Stimme, wobei mein Herz einen Moment aussetzte.

KAPITEL 17

Judith

Selbst am Abend ging mir das Treffen mit Sascha noch immer nicht aus dem Kopf. Wir hatten vielleicht nicht lange zusammengesessen und kannten uns kaum, aber ich spürte, dass da etwas zwischen uns war, so sehr ich auch versuchte, es zu leugnen. Ich würde es nicht mit dem vergleichen, was ich mit Mat hatte, doch es fühlte sich sehr ähnlich an. Vor allem tat es gut, endlich wieder leben zu können. Ich konnte wieder lachen, ohne dass ich mich dazu zwingen musste.

Nachdem Sophie mich fast zu Tode erschreckte, hatte ich uns schnell das Essen zubereitet. Glücklicherweise hatte ich noch Spaghetti und Tomatensoße zur Hand gehabt, denn das Konzentrieren war mir schwer gefallen.

Nach dem Essen gingen Sophie und ich zum Spielplatz um die Ecke, obwohl es schon nach sechs Uhr war. Ich musste raus aus dem Haus und den Kopf freibekommen. Die Warnung von Sascha machte mich paranoid. Dazu kam, dass ich an nichts anderes denken konnte außer an ihn.

Sophie störte unser später Ausflug nicht. Viel mehr stürmte sie freudig auf die anderen Kinder zu und tobte mit ihnen über den Spielplatz.

Ich setzte mich zu den anderen Eltern, die mich verwundert ansahen, weil ich das schon lange nicht mehr getan hatte. Trotzdem empfingen sie mich herzlich und freuten sich offensichtlich über meine Anwesenheit. Sie wussten alle, was wir durchgemacht hatten und wollten mir noch eine Chance geben. Ich war ihnen sehr dankbar dafür, und so verging der Rest des Tages wie im Flug. Erst als es dämmerte, gingen wir nach Hause. Dort ließ ich Sophie ein Bad ein, in dem sie fröhlich planschen konnte. Danach brachte ich sie ins Bett.

Als sie nach einer kurzen Gutenachtgeschichte eingeschlafen war, überlegte ich, was ich mit dem Rest des Abends anstellen sollte. Fernsehen? Oder vielleicht endlich mein Buch beenden? Bevor ich eine Entscheidung fällte, nahm ich die Treppe und ging zurück ins Wohnzimmer, wo ich mich auf das Sofa setzte. Mir war mehr nach Fernsehen. Ich schaltete das Gerät ein und ließ meinen Gedanken freien Lauf. Vom Programm bekam ich nicht viel mit, weil sich Sascha immer wieder in meinen Kopf schlich. Erneut fragte ich mich, was er mit mir angestellt hatte. Das Ganze ging sogar so weit, dass ich seine Karte in die Hand nahm und seine Nummer eintippte, nur um das Handy dann auf die Seite zu legen. Einmal wählte ich sogar, legte aber direkt wieder auf.

Ich schüttelte den Kopf. Was war nur los mit mir? Ich hatte das Gefühl, als würde ich verrückt werden. Dieser eine Kuss hatte mich aus meiner sicheren Umgebung geholt, doch die neue fühlte sich gut an. Ich erhob mich vom Sofa und beschloss, ins Bett zu gehen. Mein Kopf brauchte eine Pause, und ich musste morgen früh raus.

Leise ging ich die Treppe hinauf und dann ins Bad, um mich bettfertig zu machen. Kaum dass ich in meinem Bett lag, schlief ich ein.

Ein lautes Poltern ließ mich aufschrecken. Was war das? War jemand im Haus? Verschlafen schaltete ich meine Nachttischlampe an und blickte auf die Uhr: 02:00.

Hin- und hergerissen zwischen Angst und Neugier, verließ ich mein Schlafzimmer, hielt an der Treppe jedoch inne. Noch immer bescherte mir die Warnung von Sascha kein gutes Gefühl, weswegen ich vorsichtig nach unten lief, nach meinem Handy griff, das ich dort vor lauter Müdigkeit vergessen hatte, und wählte seine Nummer. Ich sah mich um, konnte im Erdgeschoss jedoch niemanden erkennen. Es dauerte nicht lange, bis er abnahm. Zu dem Zeitpunkt stand ich wieder vor der Treppe und überlegte, was ich machen sollte.

»Baumann?« Er klang gehetzt, als hätte ich ihn gestört.

Ein wenig versetzte mir das einen Stich, doch da fiel mir ein, dass er meine Nummer gar nicht kannte.

»Sascha«, flüsterte ich ins Telefon.

Ich hörte, wie er die Luft anhielt. »Judith? Alles okay bei dir?«

»Ich … Ja. Ich glaube schon.« Seine Stimme hörte sich gut an und vernebelte meine Sinne. Fast vergaß ich, warum ich ihn angerufen hatte.

»Bist du dir sicher? Es klingt nicht so.« Die Sorge war aus seiner Stimme herauszuhören, was mich unwillkürlich lächeln ließ.

Doch dann zögerte ich. Ich sollte mich fokussieren und nicht vor mich hin schwärmen. »Es hat hier gepoltert, und deine Warnung hat mir Angst gemacht. Aber ich glaube, dass es ein Fehlalarm war. Bestimmt nur ein Lufthauch, der ein Fenster zugeschlagen hat.«

»Warte, bis ich da bin, okay? Wir wollen nichts herausfordern. Ich bin sowieso gerade unterwegs und in fünfzehn Minuten bei dir.«

Seine Worte ließen mich innehalten. Ich ging wieder ins Wohnzimmer und dann in die Küche, wo ich ein Messer aus dem Block nahm, bevor ich wieder zur Treppe ging. Meine Tochter schlief oben, und ich konnte nicht einfach untätig herumsitzen, bis Sascha hier war. Was, wenn der Einbrecher meiner Sophie etwas antat?

»Sophie schläft oben, ich kann nicht so lange warten«, sagte ich und nahm die Stufen nach oben.

»Judith, tot hilfst du ihr auch nicht.« Damit hatte er zwar recht, aber ich konnte es nicht riskieren.

Ich sah mich im ersten Obergeschoss um, konnte jedoch niemanden entdecken. »Hier ist keiner. Ich bin gerade hochgegangen.«

Er seufzte auf der anderen Seite der Leitung. »Das heißt nichts. Geh wieder nach unten und warte auf mich. Bitte.« Er klang flehentlich.

»Ich wecke nur kurz … Die Tür zum Dachboden ist offen, obwohl sie eigentlich geschlossen sein sollte.« Wie hypnotisch zog sie mich an. Ich wollte nicht dort hoch, doch wie von allein setzte ich einen Fuß vor den anderen.

»Judith, geh da bitte nicht hoch«, hörte ich seine Worte wie durch Watte.

Meine innere Stimme warnte mich ebenfalls davor, doch ich musste sicher sein, dass meiner Tochter keine Gefahr drohte. Deswegen ging ich dort hinauf, und weil die Neugier und das Adrenalin mich praktisch dazu zwangen.

»Judith? Sag mir nicht, dass du doch raufgegangen bist. Rede mit mir!«, rief Sascha, doch ich konnte nicht antworten.

Es war, als stände ich unter einem Bann, der mich immer weiterzog. Ich hörte ihn, doch ich konnte nicht atmen. Fast fühlte es sich an, als stünde ich in einem Tunnel, der mich nur in eine Richtung führte: geradeaus.

Erst als ich den ganzen Raum überblicken konnte, löste sich etwas in mir und ich konnte wieder atmen. Auch der Bann verschwand, und ich fragte mich, was ich gerade getan hatte. Doch jetzt gab es kein Zurück mehr, also ließ ich meinen Blick schweifen.

Erschrocken sog ich die Luft ein.

»Judith? Sag doch bitte etwas!«, bat mich Sascha, der die ganze Zeit auf mich eingeredet hatte.

Doch ich konnte nicht. Lediglich ein Stöhnen drang aus meiner zugeschnürten Kehle.

Der Dachboden sah nicht mehr aus, wie ich ihn in Erinnerung gehabt hatte. Er wirkte unglaublich aufgeräumt und sauber. Ich wusste, dass ich ihn so nicht hinterlassen hatte. Dazu kam eine Kommode, die vorher nicht dort gewesen war. Auf dieser reihten sich sieben Gläser aneinander, von denen drei gefüllt waren. Etwas Rotes schwamm darin, was ich nicht ganz zuordnen konnte. Erst als ich nähertrat, konnte ich die Klumpen erkennen.

Es waren Herzen.

Die Kommode stand genau unter dem Dachfenster, sodass diese sanft vom Mondlicht beschienen wurden. Es ließ sie beinahe unwirklich erscheinen. Im selben Moment wusste ich, was ich hier gefunden hatte.

In meinem Haus.

»Judith?« Sascha wirkte nun panisch, doch noch immer antwortete ich ihm nicht, war nicht dazu fähig.

Meine Nackenhaare stellten sich auf, und ich fühlte mich beobachtet. Langsam drehte ich mich um und bemerkte eine weiße Gestalt, die mir den Rücken zugewandt hatte. Sie hatte langes, blondes Haar und trug ein weißes Kleid.

Ich spürte, wie sich meine Atmung beschleunigte, während ich zurückwich. Ein Wimmern entwich meiner Kehle, und das Handy glitt aus meiner Hand und fiel mit einem lauten Scheppern zu Boden. Ich beschleunigte meine Schritte, stolperte jedoch, wobei mir das Messer aus der Hand rutschte.

Langsam wandte sich die Frau um. »Na, na, Judith. Du willst doch nicht gleich wieder verschwinden.« Ihre Stimme war kalt und tonlos. Sie griff nach dem fallengelassenen Messer und trat damit auf mich zu. War es das jetzt? Würde mein Leben so enden? Ich schloss meine Augen, weil ich hoffte, dass es so schneller vorbei wäre. Als etwas Kaltes meine Wange berührte, schrie ich …

KAPITEL 18

Sascha

Ein Poltern und dann ein Schrei. Danach nichts mehr. Was war da nur los? Verdammter Mist!

»Judith?«, brüllte ich ins Telefon und bemerkte, wie sich meine Stimme überschlug. Es kam noch immer keine Antwort.

Dann legte sie auf.

Entsetzt und ungläubig starrte ich auf das Display meines Handys. Sofort wählte ich ihre Nummer erneut, doch ich wurde direkt an die Mailbox weitergeleitet. In dem Moment wurde mir klar, was da wirklich los war. Ich trat das Gaspedal durch. Obwohl ich schon auf dem Weg zu ihr gewesen war, zogen sich die letzten Meter unendlich. Es glich einem Wunder, dass ich keinen Unfall baute und heil bei ihr ankam. Mit einem Satz sprang ich aus dem Auto und hämmerte wie ein Verrückter gegen ihre Tür.

Aber niemand öffnete.

Laute Flüche entwichen meiner Kehle. Ich ging zu meinem Wagen zurück und schaltete den Motor aus. Ärger überkam mich, ich verhielt mich wie ein blutiger Anfänger. Im Moment gingen meine Gefühle mit mir durch. Erst Maite, dann Judith. Ich durfte nicht zulassen, dass ihr ebenfalls etwas geschah. Nie zuvor hatte ich mich so hilflos gefühlt wie jetzt. Mein Kopf war wie leer gefegt, und ich wusste nicht, was ich machen sollte. Als ich gerade nach meinem Funkgerät griff, öffnete sich die Tür und ein kleiner, blonder Schopf lugte durch den Spalt.

Sophie.

Ich ging eilig zurück zur Haustür und kniete mich vor ihr hin. »Ist deine Mutter zu Hause?«

Sie schüttelte hektisch den Kopf. »Nein.«

»Darf ich kurz reinkommen? Deine Mama hatte mich gerade angerufen, und ich mache mir Sorgen.«

Ängstlich betrachtete sie mich. »Nein.«

Ihr Verhalten brachte mich selbst in dieser absurden Situation zum Schmunzeln. Man brachte Kindern bei, nicht mit Fremden zu reden und sie nichts ins Haus zu lassen. Sie durften nichts von ihnen annehmen und nicht in ihre Autos steigen. Das diente zu ihrem Schutz, doch in dem Moment verfluchte ich diese Lehren.

Ich spürte, dass ich so nicht weiterkam. Deswegen griff ich in meine Tasche, holte meinen Polizeiausweis heraus und hielt ihn ihr hin. »Ich bin von der Polizei.«

»In den komischen Filmen von Mama geben sich die Bösen auch immer als Polizisten aus.«

Unwillkürlich musste ich lächeln. Sie hatte ein wenig ihrer Scheu abgelegt, und die Hände in die Seiten gestemmt. Sie sah unglaublich süß aus und war ihrer Mutter wie aus dem Gesicht geschnitten. Wie konnte ich sie nur überzeugen?

Ich griff nach meinem Handy, entsperrte es und tippte auf meine Anrufliste, bevor ich ihr das Telefon hinhielt. »Schau, deine Mutter hat mich wirklich angerufen. Ich mache mir große Sorgen um sie.«

Als ich bemerkte, dass sie nur unschlüssig auf mein Handy starrte, fiel mir mein Fehler auf: Sie konnte wahrscheinlich nicht lesen. Meine letzte Hoffnung zerplatzte wie eine Seifenblase. Natürlich hätte ich die Tür einfach aufstemmen können, aber dabei bestünde die Chance, dass sich das Mädchen verletzte, und das wollte ich nicht.

Sie ging zur Seite, als hätte sie meine Gedanken gelesen.

Vor Erleichterung seufzte ich. Schnell trat ich ein, bevor sie es sich doch noch anders überlegte. Normalerweise hätte ich das Kind in Sicherheit gebracht, doch meine Sorge trieb mich voran. Wenn unsere Täterin es auf das Kind abgesehen hätte, wäre Sophie längst nicht mehr am Leben. Vor allem wirkte sie verschreckt. Ihr noch mehr Angst zu machen, indem ich sie ins Auto setzte, würde nichts bringen.

Ich entdeckte in dem Haus nichts Auffälliges. Alles sah noch genau so aus, wie ich es in Erinnerung hatte.

Keine Einbruchs- oder Kampfspuren zu erkennen.

Da fiel mir ein, dass sie vom Dachboden gesprochen hatte. Mit wenigen Schritten sprintete ich zur Treppe und bis nach ganz oben. Als ich die Tür aufriss, erstarrte ich.

Mir fiel sofort die nackte Schaufensterpuppe auf. Daneben, auf der Kommode, standen vier leere Gläser. Langsam trat ich näher. Anhand der leichten Staubschicht konnte man leicht erkennen, dass dort weitere Gläser gestanden hatten. Doch all das brachte mich nicht weiter, denn von Judith fehlte jede Spur.

Ich ballte meine Hände zu Fäusten und blickte mich um. Hier musste es doch irgendetwas geben, dass einen Hinweis darauf lieferte, wo sie war. Da fiel mir ihr Handy auf, das in der Nähe der Tür auf dem Boden lag, genauso wie ein Messer.

Verdammt, ich war zu spät.

Ich lief ein Stockwerk nach unten, weil ich nicht glauben wollte, dass Judith entführt worden war, und öffnete jede Tür, doch nirgendwo konnte ich sie finden. Gefrustet lief ich ins Erdgeschoss und wiederholte die Prozedur. Erst im Wohnzimmer hielt ich inne und atmete tief durch. Panik und

Adrenalin fraßen sich durch meine Adern und vernebelten meine Gedanken. Ich hatte versagt und Judith nicht beschützen können.

»Mami ist nicht da, das sagte ich doch«, vernahm ich die sanfte, leise Stimme des Mädchens vor mir, das noch immer unschlüssig im Türrahmen stand und mich skeptisch musterte.

Ich nickte. »Du weißt nicht zufällig, wo sie ist?«

Sophie schüttelte den Kopf und trat langsam näher. Wäre ja auch zu schön gewesen. Ich setzte mich auf das Sofa, legte meine Ellenbogen auf die Knie und stützte meinen Kopf auf die Handflächen. Das durfte nicht wahr sein.

Mittels tiefer Atemzüge versuchte ich, mich zu beruhigen, was mir nur mäßig gelang. Ich musste einen kühlen Kopf bewahren, ansonsten würde ich Judith niemals finden. Hier stimmte etwas nicht, doch ich wusste nicht genau, was es war. Seit wann nahm unsere Täterin Geiseln? War es, weil Judith mit mir telefoniert hatte? Hatte es ihr eine Gnadenfrist gegeben?

Die Mörderin hatte einen Vorsprung von etwa zehn Minuten, es bestand also noch die Chance, Judith lebend zu finden.

Ich ging wieder nach oben und nahm mir vor, dort alles auf den Kopf zu stellen, bis ich einen Hinweis fand, der mich zu Judith führen würde.

KAPITEL 19

Ghost

Sie hatte es gefunden. Deswegen musste ich sie wegschaffen, bevor sie noch mehr verraten konnte. Ich rang sie nieder und schaltete das Telefon aus. Dann packte ich mir das Wichtigste zusammen, und wir verließen das Haus. Sie ordnete sich glücklicherweise unter, sodass wir ohne Probleme in ihr Auto steigen konnten. Vorher jedoch sperrte ich sie weg, damit sie keine Dummheiten anstellen konnte.

Ich seufzte, wollte nicht, dass es so endete. Sie brachte alles durcheinander. Dabei war die Reihenfolge sehr, sehr wichtig. Sie musste zuletzt sterben. Wütend schlug ich auf das Lenkrad, startete den Motor und legte den Rückwärtsgang ein.

Es wurde Zeit, zu verschwinden, bevor der Bulle kam.

Bis zu meinem Wohlfühlort fuhren wir eine ganze Weile. Das Parkgelände im Kölner Norden lag glücklicherweise etwas abseits und wurde nur spärlich beleuchtet, genauso wie der Parkplatz.

Ich grinste und unterdrückte ein Lachen.

Mir gefiel die Dunkelheit. Vor allem aber liebte ich die Stille, die sie mit sich brachte. Sie half mir beim Nachdenken. Obwohl es absolut nicht nach Plan verlief, gefiel mir der Verlauf des Abends. Ich würde eine Lösung finden. Nein, ich musste. Ich musste meinen Mat zurückholen. Um jeden Preis. Diese Schlampe würde es mir nicht ruinieren, und ich wusste auch schon, was für einen Vorteil ich aus alldem ziehen konnte.

Ich würde den Polizisten opfern! Heute Abend, und sie würde mir dabei helfen.

Ich führte uns durch die schmalen Gassen der Parkanlage, bis wir vor einem kleinen, unscheinbaren Schrebergarten stehenblieben. Immer würde ich ihn wiedererkennen, da er eine schmale, rote Reihe vorn im Pflaster hatte. Das hatte kein anderer Garten an diesem Weg.

Hier wollte ich hin.

Hier störte uns keiner.

Hier konnte ich sie einsperren, bis ich meine Mission beendet hatte. Bis er tot war.

Ich nahm mir den kleinen Schlüssel aus meiner Jackentasche und schloss das Törchen auf. Es quietschte laut, doch da weit und breit niemand zu sehen war, musste ich mir keine Sorgen machen, dass es jemand gehört hatte.

Einen Moment blickte ich mich in dem Garten um und genoss den friedvollen Anblick, auch wenn ich nicht viel erkannte, weil es zu dunkel war. Dafür wusste ich, wie er im hellen Zustand aussah. Ein schmaler Weg führte vom Tor nach hinten zu einer Laube. Neben dem schmalen Weg befand sich das Gemüsebeet. Auf der anderen Seite stand ein Spalier, unter dem Blumen gesät waren, die bis zum Haus führten. Bei der Laube öffnete sich der Weg zu einer breiten Fläche, auf der gemütliche Gartenmöbel standen. Abgerundet wurde das Bild durch eine akkurat gepflegte Wiese. Der Weg endete hier jedoch nicht, sondern führte noch weiter um das Haus herum, wo sich ein Geräteschuppen und die Toilette befanden. Sobald ich Judith gezähmt hatte, würde ich mir dort das fehlende Werkzeug holen, damit ich das Ritual beenden konnte.

Glücklicherweise kannte ich diesen Garten in- und auswendig, weil ich hier groß geworden war. Deswegen war Licht überflüssig, mein Instinkt leitete mich. Ich schloss die Laube auf, und wir traten ein.

»Wer bist du?«, vernahm ich die Stimme der Schlampe.

»Ghost.« Ich funkelte sie wütend an.

»Das ist doch kein Name.«

Ich hasste es, wenn sie quengelten. Viel mehr gefiel mir, wenn sie litten und schrien. Doch auch sie würde ich dazu bekommen. Schließlich machte sie mich sauer.

»Ich brauche keinen Namen«, gab ich bissig zurück.

Sie zuckte zusammen. »Warum tust du mir das an? Was habe ich dir getan?«

Sie schien langsam zu begreifen, denn ich hörte die Angst in ihrer Stimme. Das gefiel mir.

Ich lächelte. »Weil ich muss.«

»Nein. Du musst gar nichts.« Wurde sie etwa patzig?

»Stimmt, ich muss nichts, aber mir gefällt es. Ich liebe es, wenn sie schreien und um ihr Leben flehen. Es ist unbeschreiblich, wenn das Messer das Fleisch durchbohrt und du mit ihrem Blut ein Kunstwerk an die Wand zauberst.«

Sie verzog ängstlich ihr Gesicht. »A–Aber warum ich?«

Ich trat näher, streichelte ihr sanft über das Gesicht. »Weil du ihn aufgegeben hast.«

»Wen?«

»Na, wen wohl?«, fauchte ich sie an.

Sie zuckte zusammen. »Mat?«

Ich hörte die Liebe und Trauer in ihrer Stimme. Sie hatte ihn also doch noch nicht aufgegeben. Das stimmte mich zwar ein wenig milde, doch ich wusste auch, dass sie sich nach dem Bullen verzehrte.

»Ja. Ich werde ihn zurückholen. Nur deswegen tue ich das alles. Aber du wirst nichts davon haben. Du hast ihn im Stich gelassen und dich dem Erstbesten an den Hals geworfen. Dann auch noch einem Polizisten«, spie ich ihr entgegen.

»Nein, das verstehst du falsch. Mat wird immer meine große Liebe sein. Niemand wird ihn je ersetzen können. Niemals. Was es mit Sascha auf sich hat, weiß ich doch auch nicht. Er hilft mir nur, endlich wieder zu leben. Für Sophie.« Sie klang verzweifelt, als würde sie sich rechtfertigen, was mir ein Grinsen entlockte.

Ich liebte dieses Spiel. Sie redete sich um Kopf und Kragen, doch das würde ihr nicht helfen. Ihr Schicksal war besiegelt.

»Red' du nur, doch das wird dir nichts bringen. Durch deine Schnüffeleien hast du mich in eine unpässliche Lage gebracht. Jetzt muss ich schnell handeln, weil deine tolle Spürnase sicher schon nach dir sucht.«

Verwundert blickte sie mich an. »Ich … Ich empfinde nichts für ihn.«

Heiß durchflutete mich die Wut. »Lüge mich nicht an, ich habe euch doch gesehen! Ich habe gesehen, wie du dich an ihn rangemacht hast.«

»Es hat nichts bedeutet!«

Ich rollte mit den Augen, bevor ich nach meinem Messer griff und es ihr an den Hals hielt. »Das kannst du deiner Oma erzählen! Ich hasse Unehrlichkeit. Das macht mich wütend. Und dann kann ich mich nicht beherrschen. Das durfte die kleine Sophie auch spüren.«

»Was hast du mit Sophie gemacht?« Dieses Mal hörte ich die Panik in ihrer Stimme.

Das Kind war ihre Schwachstelle. Sehr gut.

»Ich habe ihr ein Messer ins Herz gerammt«, spie ich ihr entgegen.

Ihre Gesichtszüge entglitten ihr. »Nein … Nein, das hast du nicht.«

Mein Gesicht verzog sich zu einer Fratze. »Doch, genau das habe ich. Es hat sich gut angefühlt und ging leichter als bei den Erwachsenen. Das Messer glitt durch sie wie Butter.«

»Nein!«, schrie sie und stürzte sich ohne Vorwarnung auf mich.

KAPITEL 20

Sascha

Noch einmal nahm ich die Treppen nach oben und öffnete die Tür zum Dachboden. Ich musste alles langsam und Schritt für Schritt durchgehen. Es aufnehmen und kontrolliert zuordnen. Erst dann würde sich eine Lösung finden lassen.

Wo war ich? Hatte ich das Versteck unserer Mörderin gefunden? Eigentlich lag es nahe, dass sich die Besessene so nah bei dem Objekt ihrer Begierde aufhielt. Doch wie hatte sie sicher sein können, dass weder Judith noch Sophie es entdecken würden? Dass sie den Dachboden nicht betreten würden?

Den Gedanken, dass Judith vielleicht doch unsere Täterin sein könnte, verdrängte ich sofort. Sonst wäre sie ja noch hier und nicht verschwunden.

Ich schüttelte den Kopf. Nein, das konnte so nicht sein.

Sie schwebte in Lebensgefahr.

Ich musste mich konzentrieren, fokussieren, sonst würde ich ihr nicht helfen können.

Bis auf die Schaufensterpuppe und die Kommode mit den leeren Einmachgläsern konnte ich nichts Auffälliges erkennen. Ich ging zur Kommode und zog das erste Fach auf, aber es war leer. Auch in der zweiten Schublade fand ich nichts. Als ich die dritte öffnete, stieß ich auf eine blonde Perücke. Beim Herausnehmen bemerkte ich einen zusammengefalteten Zettel. Es war eine Liste, auf der sieben Namen standen. Drei davon waren durchgestrichen – Marie Weißdorn, Jana Lessing und Maite Siebern.

Ich hatte die Liste unserer Mörderin gefunden.

Sarah musste sich den Dachboden vornehmen. Nur so könnte sie etwas finden, das uns zu Judith führen würde.

Ich fischte das Handy aus meiner Hosentasche und wählte ihre Nummer.

»Guten Abend, Sascha«, meldete sie sich.

»Sarah, pack dein Team ein und fahr zum Haus der Familie Braun. Ihr müsst euch den Dachboden vornehmen.« Ich redete nicht um den heißen Brei herum. Schließlich war dafür keine Zeit.

»Ähm ... Klar. Doch dürfen wir das überhaupt? Was ist geschehen?«

Ich rollte mit den Augen. Sarah war eine exzellente Polizistin, doch manchmal hielt sie sich zu sehr an die Regeln. »Das wird schon okay sein, Sarah. Frau Braun hat mich eben angerufen, weil sie Geräusche gehört hat. Kurz darauf schrie sie, und das Gespräch brach ab. Jetzt ist Judith verschwunden. Wir haben keine Zeit, um auf irgendwelche Formulare zu warten, weil sie dann vielleicht tot ist.«

Sarah schwieg einen Moment. »Okay. Aber bist du sicher, dass dir das alles nicht ein wenig zu nah geht?«

Ein Schnauben entwich mir. »Ich habe keine Zeit und keine Lust, darüber zu diskutieren, Sarah. Es geht hier um ein Menschenleben. Da ist es gerade egal, ob es mir zu nahegeht oder nicht. Pack deine Sachen und dein Team. Ich erwarte euch hier.«

»Okay«, sagte sie knapp.

Es tat mir immer leid, wenn ich so mit meinen Kollegen umgehen musste. Ich spielte nie gern den Chef. Sie waren schließlich Freunde für mich. Nein, eher meine Familie. Normalerweise stellten sie meine Anordnungen auch nicht infrage.

Ich wusste, dass sich Sarah um mich sorgte, genauso wie ich wusste, dass sie Judith nicht traute. Aber für so etwas war im Moment keine Zeit. Wir mussten sie finden, bevor sie das nächste Opfer unserer Mörderin wurde. Und selbst wenn Sarah recht hätte, was ich bezweifelte, war es trotzdem wichtig, Judith aufzuspüren. Deswegen nervte mich die Zurückhaltung meiner Kollegin.

Nachdem wir aufgelegt hatten, verließ ich den Dachboden wieder und ging ins Wohnzimmer, wo ich mich auf das Sofa fallen ließ. Doch kaum dass ich saß, überwältigte mich die Sorge um Judith. Ich hasste es, untätig rumzusitzen und machtlos zu sein. Alles, was ich wollte, war, sie zu finden. Ihr helfen. Ich zog die Knie an und stützte meinen Kopf auf meine Arme, während ich tief atmete, um mich zu beruhigen.

Ein dumpfes Geräusch ertönte neben mir, und ich blickte auf. Sophie blickte mich aus ihren großen Augen an. Sie hatte ein Glas Wasser vor mir auf den Tisch gestellt. »Mama sagt immer, man bringt Gästen etwas zu trinken. Ich hoffe, du magst Wasser?«

Unwillkürlich musste ich lächeln, nahm das Glas und trank einen großen Schluck. »Vielen Dank, das hatte ich bitter nötig.«

Ein Summen auf dem Tisch ließ mich erschrocken zusammenfahren und lenkte mich von dem Mädchen ab. Ich griff nach meinem Telefon und wunderte mich, als ich eine anonyme Nummer sah.

»Baumann?«, meldete ich mich.

Es rauschte auf der anderen Seite. Ich wollte gerade auflegen, da schluchzte jemand auf. Wer zur Hölle rief da an? Judith?

»Hallo?«, fragte ich.

»Sascha?«

Erleichtert atmete ich auf, als ich ihre Stimme erkannte. Sie lebte und es ging ihr gut. Selten hatte ich mich so gefreut, eine Stimme zu vernehmen.

»Judith, alles okay bei dir?«

Sie schwieg einen Moment, bevor sie antwortete. »Ja, ich denke schon.«

»Bist du allein?«

»Ja. Ich glaube, sie ist weg. Geht es Sophie gut?«

Ich stutzte. Sie war in Gefangenschaft und fragte als Erstes nach ihrer Tochter? Was für eine tolle Mutter sie war.

»Ihr geht es gut. Sie hat mir gerade ein Glas Wasser gebracht.«

Erleichtert schluchzte sie auf. »O Gott. Ich dachte, ich hätte sie auch verloren. Sie hat gesagt, sie hätte sie umgebracht.«

»Keine Angst, hier ist alles in Ordnung. Meine Kollegen sind auf dem Weg und werden sich dann auch um Sophie kümmern. Jetzt ist es erst einmal wichtig, dass wir dich finden. Weißt du, wo du bist? Was siehst du?«

Es rauschte einen Moment in der Leitung. »Ich bin im Garten meiner Großeltern. Er liegt in einer Schrebergartensiedlung in Bilderstöckchen.« Sie beschrieb mir den genauen Weg vom Parkplatz bis zum Garten.

Ich sprang sofort auf und wollte gerade losstürmen, als mein Blick auf Sophie fiel. Ich konnte das Mädchen unmöglich allein lassen, aber ich wusste auch, dass ich mich um Judith kümmern musste.

»War das Mami?«, fragte sie neugierig, woraufhin ich nickte. »Geht es ihr gut?«

»Ja, es geht ihr gut, mach dir keine Gedanken.« Es fühlte sich falsch an, das Kind anzulügen.

Alles in mir drängte danach, mich um Judith zu kümmern. Meine Kollegen waren sowieso auf dem Weg, und das Mädchen wäre nur kurz allein.

Sophie blickte mich noch immer fragend an. »Ist mit dir auch alles gut?«

Ich lächelte. »Ja, mir geht es gut. Darf ich dich einen Moment allein lassen? Meine Kollegen sind gleich bei dir, aber ich muss deine Mutter ganz dringend abholen. Schaffst du das? Sie heißen Sarah und Maya und werden auf dich aufpassen, bis deine Mama wieder da ist.«

Sophie nickte und blickte mich mit strahlenden Augen an. »Ja, das schaffe ich. Ich bin schon groß.«

Ich wuschelte ihr durchs Haar. »Ich habe nie etwas anderes behauptet. Bis später, Große.« Dann brach ich eilig auf. Ich musste ein Menschenleben retten.

Eilig stieg ich in mein Auto und fuhr los. Das magnetische Blaulicht auf meinem Wagen verschaffte mir den nötigen Freiraum auf den Straßen. In der Gartenanlage angekommen, sprang ich regelrecht aus meinem Fahrzeug.

Kurz orientierte ich mich. Judith hatte gesagt, dass ein Weg in den Park führte. Gerade als ich ihn entdeckte, kam mir ein junges, vielleicht achtzehnjähriges Mädchen mit leuchtend rotem Haar entgegen. Neben ihr ging ein kleiner Junge mit derselben Haarfarbe. Sie bemerkten mich nicht, weil sie zu tief in ein Gespräch verwickelt waren.

Im ersten Moment dachte ich, dass sie vielleicht unsere Täterin sein könnte, doch dann schüttelte ich den Kopf. Nur weil mir eine Frau entgegenkam, hieß das nicht, dass sie gleich in unseren Fall verwickelt war. Seit wann war ich so paranoid? Ich hätte auf Sarah hören sollen. Sie hatte schon geahnt, dass mir das alles zu naheging.

Erst Maite und jetzt Judith.

Wann hatte ich zugelassen, dass sich Judith in mein Herz schlich? Ich hatte mir immer geschworen, nie wieder jemanden in mein Leben zu lassen, weil es erstens nicht passte und mich zweitens schwach machte. Sie ließ mich unüberlegt handeln, doch irgendwie konnte ich einfach nicht anders.

Ich ging zu dem Weg und folgte der Beschreibung, die Judith mir gegeben hatte. Ohne Mühe fand ich den Eingang zum Garten, dessen Tor jedoch abgeschlossen war. Ohne lange darüber nachzudenken, kletterte ich über den Zaun und ging den schmalen, gepflasterten Weg entlang.

Vorsichtshalber zog ich meine Dienstwaffe und verlangsamte meine Schritte. Behutsam setzte ich einen Fuß vor den anderen. Bei dem Gartenhäuschen angekommen, sah ich sie. Zusammengesunken saß sie auf einem der beiden Stühle und starrte ins Leere.

Vorsichtig kniete ich mich vor sie. »Judith?«

Sie blinzelte mehrmals, bevor sie ins Hier und Jetzt zurückkam. Sie lächelte mich an, als sie mich erkannte. »Sascha. Du bist hier.«

»Bist du okay?«, wollte ich wissen.

Sie nickte. »Ja. Ich wollte eigentlich drinnen warten, aber ich habe den Anblick einfach nicht ertragen.«

Verwundert blickte ich sie an, stand auf und ging auf das kleine Gebäude zu. Erschrocken sog ich die Luft ein, als ich die drei Gläser auf dem Tisch sah, in denen die Herzen schwammen.

Ich griff in meine Jackentasche und wollte gerade meine Kollegen informieren, da traf mich ein harter Schlag am Hinterkopf und ich sackte ohne Widerstand zusammen.

KAPITEL 21

Ghost

So ein Idiot – und der nannte sich Polizist? Superspürnase? Dass ich nicht lachte. Als würde ich sie einfach so gehen lassen. Er musste blind vor Liebe sein, dass er so leicht in meine Falle getappt war. Aber ich musste gestehen, dass mein Plan perfekt funktioniert hatte. Der Trottel war gekommen, um die Maid zu retten. Pah!

Doch das würde ich nicht zulassen.

Ich würde mir von niemandem einen Strich durch die Rechnung machen lassen. Keiner könnte verhindern, dass ich meinen Mat zurückholte.

Er fehlte mir so sehr.

Nachdem er zusammengesackt war, versuchte ich, ihn hochzustemmen, was mir mehr schlecht als recht gelang. Er war schlank und muskulös, doch trotzdem schwer.

Verdammter Bulle.

Ich schleifte ihn nach draußen, um ihn auf den Stuhl zu setzen. In der Hoffnung, dass er nicht wieder zu Bewusstsein kam, bevor ich mit ihm fertig war.

Sobald ich das erledigt hatte, holte ich Kabelbinder aus einer Schublade in der Laube und band seine Hände sowie seine Beine an den Stuhl, damit er mir nicht abhauen konnte. Seine Dienstwaffe nahm ich an mich.

Für einen Moment betrachtete ich ihn. Ich konnte verstehen, was sie an ihm fand. Er hatte ein feines, kantiges Gesicht, war groß und durchtrainiert. Also alles, was einen Mann wirklich attraktiv machte. Aber nicht für mich. Für mich gab es nur den einen – Mat.

Jetzt wurde es Zeit, dass er aufwachte. Freude erfüllte mich bei dem Gedanken, dass der scheiß Bulle seine Augen aufschlug und mir endlich ins Gesicht sah. Dass er endlich kapierte, wen er die ganze Zeit gejagt hatte. Ein schadenfrohes Grinsen schlich sich auf meine Lippen. O ja … Ich konnte seine entsetzte Mimik kaum erwarten.

Ich gab ihm eine heftige Ohrfeige, die meine Handfläche brennend zurückließ. Doch was war schon Schmerz? Er zeigte nur, dass wir noch lebten.

Erneut schlug ich zu. Seine Lider zuckten leicht, dann öffnete er sie endlich. Es dauerte einen Moment, bis er sich erinnerte und wieder wusste, wo er war. Als er mich erkannte, sah ich, wie sich Erleichterung auf seinem Gesicht breitmachte. Doch dann bemerkte er, dass er sich nicht bewegen konnte, und seine Gesichtszüge entgleisten ihm.

»Geht es dir gut? Wo ist die Täterin? Hast du sie gesehen? Machst du mich los? Dann können wir endlich hier weg«, sagte er schnell.

Er war einer dieser typischen Spürnasen. Immer nur Fragen stellen. Deswegen antwortete ich ihm nur mit einem Seufzen.

»Was ist hier los?«, wollte er wissen.

Da konnte ich einfach nicht mehr und lachte laut los. Er wirkte so unglaublich verwirrt und schien es einfach nicht begreifen zu wollen.

»Judith?«

Da verging mir das Lachen, und ich funkelte ihn böse an.

»Nein, ich bin nicht Judith. Ich bin Ghost!«, fuhr ich ihn an, woraufhin er mich verständnislos anblickte.

Er machte mir den ganzen Moment kaputt.

»Judith, hör auf mit den Spielchen und mach mich bitte los.«

Wütend gab ich ihm erneut eine schallende Ohrfeige. »Ich. Bin. Nicht. Judith. Ich. Bin. Ghost.« Ich sagte ihm das langsam, Wort für Wort. »Judith habe ich weggeschlossen. Sie hat zu lange gezögert.«

»Ghost, wo hast du Judith weggeschlossen?«

Ich seufzte. Immer diese ständige Fragerei.

Ich rollte mit den Augen. »Deine ach so tolle, holde Maid ist tief in mir verschlossen, falls du es noch immer nicht verstanden hast. Wir stecken im selben Körper, sind aber verschiedene Persönlichkeiten. Während sie geweint hat, war ich die Starke. Die liebende Judith gibt es jetzt nicht mehr. Sie war zu schwach.«

Endlich schien er zu verstehen. Er sog tief die Luft ein. Seine Augen weiteten sich, und er schüttelte den Kopf. »Nein ... Nein, das kann nicht sein.«

»Doch, Sascha. Es ist so. Sieh mich doch an.« Ich grinste breit und genoss das Gefühl, ihn tief verletzt zu haben.

»Aber, warum?«, flüsterte er.

Ich rollte wieder mit den Augen. »Weil mir von vornherein klar war, dass die Polizei sofort auf Judith kommen würde und wir eine Tarnung brauchten. Du kamst uns da sehr gelegen. Aber sie ist verweichlicht und hat unser Ziel vergessen. Da musste ich eingreifen.«

»Euer Ziel?«

Ich hasste Polizisten. Sie wollten immer alles wissen und konnten ihre eigenen Gefühle hintenanstellen. Ich verachtete ihn dafür, dass er mir meinen Triumph nicht gönnte. Oder jedenfalls nur kurz. Dieser gefühlskalte Idiot.

Er machte mich wütend.

Rasend.

Ich ging zurück in die Laube und wühlte in einer der obersten Schubladen. Nachdem ich ein großes Messer gefunden hatte, verließ ich diese wieder. Er würde meine Wut nun zu spüren bekommen.

»Ghost, wir können doch über alles reden.« Er versuchte, abzulenken und mich zu beruhigen.

»Ich falle auf deine Psychospiele nicht herein!«

»Aber ich spiele nicht mit dir. Ich möchte dir helfen.«

»Und mein Opa ist der Papst«, schnaubte ich.

»Judith. Ich weiß, dass das alles nicht gespielt war. Das zwischen uns war echt, das habe ich gespürt. Und wenn nicht, dann denk wenigstens an Sophie.«

Schon wieder nannte er mich Judith. Ich war nicht diese blöde Schlampe. Mein Name lautete Ghost. Sie hatte uns verraten.

»Ich bin nicht Judith!«, schrie ich ihn an und schlug ihn erneut. »Dieses elende Miststück hat Mat verraten. Sie hat zugelassen, dass wir ihn vergessen, und du trägst ebenfalls Schuld daran. Du und die dämliche Psychologin! Aber das werde ich nicht zulassen. Ich werde es mir von niemandem zerstören lassen. Sie wird als Nächstes sterben, nach dir! Noch drei Herzen und das von Judith, dann kann ich ihn zurück ins Leben rufen. Dann ist er wieder bei mir.«

»Nichts kann einen Toten zurück ins Leben bringen!«

Da sah ich rot. Ich trat näher und drückte mein Knie gegen seine empfindlichste Stelle. Erst übte ich langsam Druck aus, dann immer stärker, bis er schmerzvoll aufstöhnte. Er wand sich unter mir, doch es brachte ihm nichts. Niemand konnte ihm helfen.

Doch ihm nur oberflächlich wehzutun, brachte mir keine Genugtuung.

Ich sehnte mich nach mehr.

Nach Blut.

Mit dem Messer schnitt ich sein Hemd auf. O ja. Für seine ignorante Art würde er bezahlen. Dafür würde ich ihn leiden lassen. Er würde nicht sterben wie die Mädchen. Sein Tod würde qualvoller sein.

Nachdem ich seinen Oberkörper von der Kleidung befreit hatte, setzte ich das Messer an seiner Schulter an. Ich grinste. Mit ausreichend Druck schnitt die scharfe Klinge mühelos durch seine Haut. Der rote Saft seines Lebens rann aus der Wunde. Ich ritzte ihm ein wunderschönes, verschnörkeltes Muster in den Arm. Doch irgendwie war mir das nicht genug. Selbst sein

Wimmern ging mir auf die Nerven. Seit wann wimmerten Männer? So ein Weichei!

Mein Blick fiel auf sein wunderschönes Gesicht. Ich grinste und setzte das Messer an seiner Stirn an, direkt über seiner rechten Augenbraue.

Ich kam bis zu seinem Auge, als mich ein Geräusch innehalten ließ. Was war das nur? Als würde ich eine Stimme hören. Ein seltsames Gefühl beschlich mich. Es war wohl Zeit, zu verschwinden. Einen Schlussstrich zu ziehen und meinen Plan zu vollenden.

Ich hob gerade das Messer, um zuzustechen und den Bullen von seinem Leid zu erlösen, als ich mehrere Stimmen gleichzeitig vernahm.

KAPITEL 22

Judith

Was tat sie nur? Ich warf mich mit aller Kraft gegen die Barriere, die Ghost errichtet hatte, und schaffte es, mich daraus zu befreien. Das war der Moment, in dem ich bemerkte, dass etwas gewaltig nicht mit mir stimmte. Außerdem spürte ich, wie etwas in mir zerbrach.

Ghost hatte mich eingesperrt und mich dabei zusehen lassen, wie sie Sascha gequält hatte. Es hatte sich grausam angefühlt, beobachten zu müssen, wie dem Mann, in den ich mich gerade erst verliebt hatte, wehgetan worden war. Das Wissen darüber, dass ich diejenige war, die ihm das antat, hatte mich zerstört. In diesem Moment hatte ich angefangen, gegen sie zu kämpfen, doch sie war so viel stärker als ich gewesen. Erst als sie abgelenkt worden war, hatte ich es geschafft, mich freizukämpfen. Bevor sie Sascha getötet hatte.

Sie schrie, als ich sie zurückdrängte. Nun war sie diejenige, die hinter einer Barriere eingesperrt war. Sie verfluchte und beschimpfte mich als Verräterin. Doch damit konnte ich umgehen. Alles war besser, als dass sie weiterhin anderen Schaden zufügte.

Sobald ich wieder die Kontrolle über meinen Körper hatte, schleuderte ich das Messer weit weg. Ich rannte in die Laube und holte saubere Handtücher und eine Schere. Zuerst legte ich die Tücher um seinen verletzten Arm. Dann schnitt ich ihn los.

»Es tut mir so leid«, flüsterte ich.

»Ist das auch wieder eins deiner Spielchen?« Mit Misstrauen betrachtete er mich.

Heftig schüttelte ich den Kopf. »Ich weiß nicht, wer diese Ghost ist, doch im Moment habe ich sie unter Kontrolle.«

Da flog das Gartentor auf, und eine Gruppe schwarz gekleideter Gestalten stürmte auf uns zu. Angeführt wurde die Truppe von einer jungen Frau mit blonden Haaren.

»Weg von ihm!«, schrie sie und zielte mit ihrer Waffe auf mich.

Ich hob meine Hände nach oben, ließ die Schere fallen und trat von ihm zurück. »Es tut mir leid, dass es so weit gekommen ist.«

Doch er beachtete mich nicht mehr. Seine Augen waren auf die andere Frau gerichtet, was mir einen eifersüchtigen Stich versetzte. Fast schaffte es Ghost, sich freizukämpfen, doch ich konnte es verhindern.

Die andere Frau trat auf mich zu, fixierte mich mit ihren eiskalten, blauen Augen und griff nach ihren Handschellen. »Judith Braun, ich verhafte Sie wegen dreifachen Mordes an Marie Weißdorn, Jana Lessing und Maite Siebern sowie der Freiheitsberaubung eines Polizisten und Körperverletzung.« Dann legte sie mir die Handschellen um.

Ich wehrte mich nicht und ließ alles über mich ergehen. Als sie mich abführte, warf ich noch einen letzten Blick auf Sascha, der gerade von Sanitätern verarztet wurde. Doch er hielt seinen Blick gesenkt, als ich an ihm vorbeischritt.

EPILOG I

Sarah

Ich legte Judith Braun die Handschellen um und wunderte mich, dass sie sich gar nicht wehrte. Es schien ihr alles egal zu sein. Viel mehr sah ich die Schuld in ihren Augen. Tat es ihr etwa leid, was sie getan hatte? Dann verstand ich nicht, warum sie die armen Frauen überhaupt umgebracht hatte.

Ich warf noch einen Blick zu Sascha, der blutend und wie ein Häufchen Elend auf dem Gartenstuhl saß und zu Boden schaute. Die Sanitäter versorgten seine Wunden und redeten auf ihn ein, was ihn nicht zu interessieren schien. Er wirkte apathisch. Am liebsten würde ich ihn in die Arme schließen und trösten. Auch wenn es wahrscheinlich nicht viel bringen würde.

Wir hatten die Veränderungen an ihm wahrgenommen. Er hatte wie ausgewechselt und glücklich gewirkt. Wir hatten es ihm gegönnt, aber es hatte uns auch geängstigt. Er hatte sich täuschen lassen. Judith Braun war tatsächlich unsere Mörderin. Sie würde ins Gefängnis wandern und hatte Sascha das Herz gebrochen. Ich konnte seine Schmerzen erahnen, aber nicht nachvollziehen. Das war etwas, das man niemandem wünschte.

Ich machte mir Vorwürfe, dass wir nicht schneller auf die Spur von Frau Braun gekommen waren. Dann hätten wir Sascha vor diesem Mist bewahren können. Aber als er uns angerufen hatte, war der Schaden bereits angerichtet gewesen.

Ich hatte den Tag damit verbracht, die Wohnungen unserer Opfer erneut zu durchforsten, und hatte Haare eingesammelt. Die meisten hatten von unseren Opfern gestammt, aber es waren auch welche dabei gewesen, die zu unserer Täterin gehört hatten. In dem Moment, als Sascha aufgelegt hatte, hatte ich die Nachricht bekommen, von wem die Haare stammten: Judith Braun.

Ich hatte versucht, ihn anzurufen, doch entweder war besetzt gewesen oder er war nicht rangegangen. In diesem Augenblick hatte ich ihn verflucht und war mit Julian zum Haus der Brauns aufgebrochen. Dort hatte uns die kleine Sophie erwartet. Anfangs hatte sie nicht mit der Sprache rausgerückt, doch niemand konnte Julians Charme widerstehen. Irgendwann hatte das Mädchen erwähnt, dass Sascha etwas von einem Garten erzählt hatte. Maya hatte anschließend herausgefunden, dass der Großvater von Frau Braun einen Schrebergarten in einem

Parkgebiet hatte, und ich hatte nach dem letzten Strohhalm gegriffen.

Und jetzt stand ich hier. Ich sorgte mich um den Zustand meines Chefs und machte mir gleichzeitig Vorwürfe, nicht schneller gewesen zu sein. Hätten wir eher reagiert, hätten wir vieles vielleicht verhindern können.

»Es tut mir unfassbar leid«, flüsterte Frau Braun.

Wütend wandte ich mich ihr zu. »Es tut Ihnen leid? Drei Frauen haben Sie auf dem Gewissen, und Sascha wollten Sie auch töten. Sie glauben doch nicht, dass ich Ihnen Ihre Reue abkaufe!«

Geknickt blickte Frau Braun zu Boden. »Ich war das nicht, sondern Ghost. Doch irgendwie ist Ghost auch ich.«

Verdutzt blickte ich sie an. Ich verstand nicht, was sie da faselte, und es interessierte mich auch nicht. Ich war nur froh, dass dieser Fall nun abgeschlossen war.

Ich vergewisserte mich ein letztes Mal, ob Sascha gut versorgt war, dann verließen wir den Garten.

EPILOG II

Sascha, vier Monate später

Ich betrachtete das kleine, blonde Mädchen vor mir, das mich traurig mit seinen grünen Augen ansah. Sophie wirkte nervös, was ich ihr nicht verübeln konnte. Trotzdem überraschte es mich, wie viel dieses Kind tatsächlich mitbekam. Sophie wirkte kaum wie sieben, sondern älter. Lag es daran, dass sie früh ihren Vater verloren hatte? Oder daran, dass sie gewusst hatte, was mit ihrer Mutter los gewesen war?

Nachdem Judith festgenommen worden war, war für das Mädchen eine kleine Welt zusammengebrochen. Sie hatte die ganze Zeit davon gesprochen, dass ihre Mutter sie doch verlassen hatte, obwohl sie versprochen hatte, es nicht zu tun. Hatte geschrien und geweint. Später, als sie sich beruhigt hatte, hatte sich dann herausgestellt, dass sie öfter mitbekommen hatte, wie sich Judith spät abends aus dem Haus geschlichen hatte – als Ghost.

Man hatte schnell herausgefunden, dass Judith durch den Verlust und den Verrat ihres Mannes eine weitere Persönlichkeit entwickelt hatte. Diese hatte all die Morde begangen, ohne dass Judith etwas davon gewusst hatte.

Wenn ich an sie dachte, zog sich mein Herz noch immer zusammen. Es tat weh. Schließlich hatte sie mich umbringen wollen, beziehungsweise ihre zweite Persönlichkeit. Und obwohl sie mir indirekt auch das Leben gerettet hatte, konnte ich ihr nicht verzeihen. Okay, eigentlich konnte ich mir nicht verzeihen, weil ich die Zeichen einfach nicht hatte sehen wollen. Ich war blind gewesen vor Liebe und so wollte ich nie wieder sein. Die Narben auf meinem Arm und in meinem Gesicht würden mich daran erinnern. Für immer.

Ich hatte an dem Abend noch einen Nervenzusammenbruch erlitten und danach eine lange Auszeit genommen. Heute war mein erster Arbeitstag, und ich wollte mich meinen Geistern stellen.

Ich kniete mich vor Sophie hin. »Bereit?«

Freudig nickte sie. Wahrscheinlich hatte ich mehr Angst vor der Begegnung als sie. Ich hielt ihr meine Hand hin, die sie ergriff, stand auf und klopfte an die Tür von Judiths Zimmer. Als sie uns hereinbat, atmete ich noch einmal tief durch, bevor ich nach der Klinke griff und sie öffnete.

Sie saß auf dem Bett und brachte mein Herz zum Stolpern. Wenn ich gehofft hatte, dass vier Monate ausreichen würden, um sie zu vergessen, so hatte ich mich geirrt. Allein ihr Anblick brachte mich aus dem Gleichgewicht. Sie sah verloren aus in dem kleinen, weißen Raum, in dem alles kalt wirkte. Man fand lediglich ein Bett, einen Schrank und einen Schreibtisch mit Stuhl in dem Zimmer. Hier gab es nichts Persönliches, und alles war an dem Boden festgeschraubt.

»Sascha«, hauchte sie und senkte schuldbewusst den Blick.

Mein Anblick sah wahrlich grausam aus. Noch immer schillerten die Narben rot und waren wulstig. Es würde noch etwas dauern, bis sie ganz verheilt waren, auch wenn sie für immer bleiben würden. Nie würde ich Judith vergessen können.

Da fiel ihr Blick auf Sophie, und ihre Gesichtszüge hellten sich auf.

»Mami!«, rief das Mädchen und warf sich ihrer Mutter in die Arme.

Die Szene war rührend und versetzte mir einen Stich. Diese Augenblicke würde es nur noch selten geben. Obwohl man sie nicht in ein Gefängnis gesperrt hatte, weil sie als unzurechnungsfähig galt, würde sie bis an ihr Lebensende in der geschlossenen Anstalt bleiben müssen.

Da Sophie bei keinem Verwandten unterkommen konnte, wurde sie bei einer Pflegefamilie untergebracht. Sie erzählte ihrer Mutter, dass es ihr dort gut ging und man sie anständig

250

behandelte. Ihre Pflegeeltern hatten sie sofort ins Herz geschlossen und würden die dauerhafte Pflege übernehmen. So musste das Kind wenigstens nicht allzu sehr unter der Situation leiden.

Als die Besuchszeit vorbei war, trennten sich die beiden unter Tränen. Bevor ich den Raum verlassen konnte, hielt Judith mich noch einmal zurück. »Sascha, warte kurz.«

»Was?«, fuhr ich sie an und bereute meinen Tonfall sofort.

Geknickt blickte sie wieder zu Boden. »Es tut mir so unendlich leid, was ich dir angetan habe.«

»Okay.«

»Danke, dass du dich um Sophie gekümmert hast. Sie ist unglaublich sensibel.«

Ich nickte nur. War unfähig, etwas zu sagen.

»Ich weiß, dass du mich wahrscheinlich hasst, und ich kann dich auch verstehen. Aber du sollst wissen, dass es mir leid tut.«

»Ich hasse nicht dich, Judith, sondern mich«, sagte ich mit eisiger Stimme, bevor ich das triste, sterile Zimmer verließ und mein Herz zurückließ.

NACHWORT

Liebe Leser,

ich danke euch, dass euch mein Buch begleiten durfte. Ich hoffe sehr, dass es euch gefallen hat.

Wer mich und meine Bücher unterstützen möchte, darf gern eine Rezension bei Amazon und einschlägigen Portalen hinterlassen oder sich mit Freunden und Bekannten darüber austauschen. Über Signierstunden und Lesungen informiere ich euch auf meinen Social-Media-Kanälen.

Zum Ende hin möchte ich gern noch ein paar Worte zu Judith oder besser gesagt zu Ghost loswerden. Immer wieder liest man, dass sich Person A nicht für schuldig hält, eine ganz andere Rolle im alltäglichen Leben einnimmt und sich zu einer anderen Zeit in Person B verwandelt. Und mit diesem anderen Ich Menschen umbringt, klaut oder andere Verbrechen begeht. Eine dissoziative Identitätsstörung ist eine anerkannte Krankheit. Allein in Deutschland sind schätzungsweise eine Millionen Menschen davon betroffen. Auch wenn die Ursache für eine Erkrankung häufig in der Kindheit liegt, ist das nicht immer der

Fall. Traumatische Ereignisse jeder Art und in jedem Alter können zu einer Abspaltung der Persönlichkeit führen. In Judiths Fall waren der Tod ihres geliebten Mannes und die Erkenntnis darüber, dass er sie systematisch betrogen hat, die Gründe dafür, dass sich eine zweite Persönlichkeit abgespalten hat, die bereit war, zur Täterin zu werden.

Wie es mit ihr weitergehen wird, dürft ihr euch überlegen. So viel sei aber gesagt: Eine dissoziative Identitätsstörung ist nicht heilbar. Betroffene können nur lernen, mit ihr umzugehen.

Nun, was denkt ihr, wie Sascha in Zukunft mit Frauen und insbesondere mit seiner Familie oder seinem Job umgehen wird? Was wird aus ihm? Werden auch seine inneren Narben heilen?

Schreibt mir. Ich bin gespannt auf eure Antworten.

Bis zum nächsten Buch,

Eure Alexis Snow

Danksagung

Als erstes möchte ich euch Lesern danken. Dafür, dass ihr dieses Buch gelesen habt.

Ich danke meiner Lektorin Melina, die mich mit ihren Worten motiviert, und das beste aus der Geschichte geholt hat.

Renee für das wundervolle Cover. Aber auch dafür, dass ich ihn mit ganz vielen Dingen nerven darf. Er ist einfach der Beste.

Niklas, der sich die Zeit genommen hat, die Geschichte auf fachliche Richtigkeit zu prüfen.

Meiner Mutter, die mir einfach so unglaublich wichtig ist.

Meinen besten Freundin Julia, Debby, Carina und Geethu, auf die ich immer zählen kann.

Sabine, die ich prinzipiell immer mit Fragen löchern darf und in der ganzen Zeit zu einer ganz besonderen Freundin geworden ist.

Last but not Least meiner Familie, die immer für mich da ist.

Die Autorin

Alexis Snow lebt mit ihrem Freund und zwei Katzen in Köln, wo sie 1992 geboren wurde. Nach ihrer Schulzeit entschied sie sich gegen ein Studium und suchte nach einem Job, in dem sie ihre Kreativität ausleben kann. Deswegen absolvierte sie eine Lehre als Bauzeichnerin und arbeitet noch immer in diesem Beruf.

Seit sie lesen kann, liebt sie alles, was mit Büchern zu tun hat. Schon als kleines Kind hat sie davon geträumt, eigene Geschichten zu schreiben und Menschen in fremde Welten zu entführen, weswegen sie schon als kleines Kind eigene Geschichten verfasste, die sie aber niemandem zeigte. Zum Schreiben ist sie durch Zufall und „Gruppenzwang" gekommen, als ihre Freundinnen angefangen haben zu schreiben. Mittlerweile ist das Hobby zu einer Leidenschaft geworden. Ihr Ziel ist es, Menschen in fremde Welten zu entführen und ihnen den Tag für ein paar Stunden zu verschönern.

Neben dem Lesen und Schreiben zählt Sport zu ihren Hobbies. Sie ist leidenschaftliche Kampfkünstlerin und Tänzerin, genießt es aber auch, sich im Fitnessstudio auspowern zu können.

Weitere Bücher der Autorin

Schon ihr ganzes Leben lang ist Lea anders als ihre Mitmenschen.

Von ihren Mitschülern wird sie gemobbt und Zuhause steht sie stets im Schatten ihres Zwillingsbruders. Wieso sie nirgend reinzupassen scheint, weiß sie nicht – bis der geheimnisvolle Niklas auftaucht und ihr eröffnet, dass in ihr ein uraltes magisches Erbe schlummert. Denn Lea ist eine Feuerelementare. Diese Tatsache eröffnet ihr nicht nur eine ganz neue Welt, sie trifft auch Gleichgesinnte und fühlt sich endlich nicht mehr als Außenseiterin. Doch ihre Gabe hat nicht nur gute Seiten. Während ihrer Ausbildung kommt sie einem düsteren Geheimnis auf die Spur, das sie schließlich vor eine schwere Entscheidung stellt: ihr neues Leben oder der Mensch, der ihr am meisten bedeutet?

Preis: 12,99 €
ISBN: 978-3750452695

Wie weit würdest du gehen, um deinem Schicksal zu entkommen?

Olivia hat als Thronerbin Livenias alles, was das Herz begehrt: einen Palast,

Geld und Macht. Niemand würde ihr einen Wunsch verwehren und doch

macht sie das Leben am Hof nicht glücklich. Müde von der Etikette entscheidet

sie sich, heimlich zu entwischen, um herauszufinden, ob ein normales Leben

mehr für sie bereithält. Doch das gestaltet sich schwerer, als gedacht. Als ihr

auch noch Ben mit seiner Arroganz das Leben schwer macht, kann es nicht

schlimmer kommen. Dann deckt Olivia allerdings ein Geheimnis auf, das ihre

Ansichten zutiefst erschüttert.

Preis: 11,99 €
ISBN: 978-3750452695

Das könnte Sie ebenfalls interessieren:

»Verschwinde von dieser Insel, Mädchen, solange du es noch kannst!«
Im Nachlass ihres Vaters entdeckt Hanna einen rätselhaften Schlüssel und
ein vergilbtes Foto vom Borkumer Wattenmeer, in dem vor siebzehn Jahren
ihre Mutter ertrank. Auf der Rückseite stehen die Buchstaben KLLT – mit Blut
geschrieben. In der Überzeugung, dass es sich um eine verschlüsselte Botschaft
handelt, reist Hanna auf die ostfriesische Insel und stößt auf ein dunkles
Geheimnis, das mit ihrer Kindheit verwoben ist. Als ein schwerer Sturm
aufzieht und die Rückkehr zum Festland unmöglich macht,
begreift die junge Frau, dass sie in großer Gefahr schwebt: Jemand will um
jeden Preis verhindern, dass die grauenvolle Wahrheit um den Schlüssel ans
Licht kommt ...
Ein fesselnder und berührender Thriller vor der malerischen Kulisse
Borkums.

Preis: 9,99 €

ISBN: 979-8685597632

SIE TRÄUMEN VON EINEM FRIEDLICHEN LEBEN AUF DEM LAND?

TRÄUMEN SIE WEITER!

Ein Dorf, eine Nacht, zwei Verbrechen: Während in der Nachbarschaft ein Bauernhof bis auf die Grundmauern niederbrennt, wird in der Führanlage des Reiterhofs Hochdorf eine Leiche gefunden. Dabei handelt es sich um den Augsburger Neonazi Werner Holland. Der zuständige Kommissar Tarek Breitner, ein Halb-Türke mit einer Vorliebe für Whisky-Cola aus der Dose, kommt im schwarzbraunen Hochdorf nicht gut an. Umso besser jedoch bei der Reitlehrerin Lola, die sofort in den Kreis der Hauptverdächtigen rückt

Preis: 12,99 €
ISBN: 978-3738617474

SASKIA CALDEN

DER STILLE FEIND

PSYCHO THRILLER

»Du gibst mich doch nicht auf, Mami!«

»Warum sollte ich das tun, mein Schatz?«

»Weil sie es dir einreden werden.«

Als Anika vom Tod ihres siebenjährigen Sohnes Sebastian erfährt, weigert sie sich, daran zu glauben. Es gibt so vieles, was dagegen spricht. So vieles, was unmöglich scheint. Warum begegnen ihr plötzlich Situationen, von denen sie zuvor geträumt hat? Vor wem hatte Sebastian Angst? Und was verheimlicht ihr Mann? Fest davon überzeugt, dass Sebastian noch lebt, macht sie sich auf die Suche nach ihm und muss bald erkennen, dass jemand ihren Tod will ...

Ein Pageturner mit geschickt eingeknüpften mystischen Elementen. Spannung vom Anfang bis zum Ende!

Preis: 11,90 €
ISBN: 978-3745090581